« Je vous aiderai à vivre,
vous m'aiderez à mourir »

NATHALIE
SAINT-CRICQ

« Je vous aiderai à vivre, vous m'aiderez à mourir »

RÉCIT

J'AI LU

À ma famille

La prudence est une riche et vieille fille à qui l'incapacité fait sa cour.

Les tigres de la colère sont plus sages que les chevaux du savoir.

William BLAKE,
Le Mariage du Ciel et de l'Enfer

Chapitre 1
Georges

Il faut d'abord savoir ce que l'on veut. Quand on le sait, il faut avoir le courage de le dire. Quand on le dit, il faut ensuite avoir l'énergie de le faire.

Georges CLEMENCEAU

2 mai 1923. Quatre-vingt-deux ans

Ce matin-là, ses moustaches de phoque se dressent vers le haut. Au dire de son entourage, c'est de bon augure. Le rituel a été pleinement respecté, et pour une fois nulle douleur, pas d'insomnie. Coucher 8 heures, lever 3 heures, jet d'eau froide pour avoir les pensées claires, il absorbe sa soupe à l'oignon à petites gorgées. Il fait nuit. Emmitouflé dans sa robe de chambre en laine des Pyrénées, une casquette à carreaux en guise de couvre-chef, il taille sa plume d'oie. Il est parfaitement en paix et s'installe à sa table de correspondance, à quelques mètres de son lit orné d'une sculpture en bois à tête de dragon. Sous le portrait de sa mère, il peut, la tête fraîche et le désir violent, se lancer dans son « épistolerie » quotidienne.

C'est qu'il lui faut lire ces monceaux de lettres reçues chaque jour et dont aucune ne doit rester sans réponse. Il y a ces vieilles Alsaciennes, mais aussi ces jeunes filles des territoires perdus puis reconquis, qui ne cessent de le célébrer, pour leur avoir permis de redevenir françaises. « Notre père Clemenceau », disent-elles. Ces missives de sa nombreuse famille, frères et sœurs, enfants déjà âgés, sa tribu, toujours en demande de nouvelles, d'attentions, de faveurs aussi. Il ne leur fera jamais défaut même s'ils l'épuisent régulièrement, par leur bavardage. Le président s'est érigé en intraitable chef de clan, se mêlant de tout, jetant des ordres qu'on ne discute pas. Alors il assume, souvent avec agacement, toujours avec constance, parfois même avec tendresse. Il leur répond.

Arrivent aussi chaque jour toutes ces demandes d'entretiens, d'interviews qu'il trie avec circonspection, souvent de visiteurs étrangers. Et bien sûr, ces sollicitations, requêtes pour une décoration, une entrée à l'Académie, un mot d'appui qu'on lui réclame. « S'il vous agréait, Monsieur le Président, juste un petit geste venant de vous, notre Grand Homme, Notre Héros... » Un sourire un peu las lui vient alors sur ce qu'il nomme sa face de Mongol, avec ce plissement des yeux qui les réduit à deux fentes bridées, quand il rit intérieurement.

Il n'est dupe de rien, il a la mémoire longue. On l'a porté aux nues en 1918 puis décrié, re-aimé, oublié. Mais beaucoup, quand leur nécessité fait loi, se souviennent opportunément de l'adresse de « Monsieur Ronchonneau », comme l'a baptisé Léon Daudet. Il reste imperturbable, à l'image de la petite statuette de Bouddha installée sur son bureau. À chaque instant, comme un miroir, elle lui rappelle sa philosophie de vie, « on n'a jamais mieux exprimé le dédain ». Le dédain, pas le mépris.

Il ne s'agit souvent que de demandes de passe-droits, et là, il demeure intraitable. Par conviction républicaine : ne jamais pistonner un quelconque mondain ou un profiteur. Par orgueil aussi : ne jamais quémander sauf pour une juste cause, ne jamais rien devoir, toujours porter beau avec un sens aigu de là où commence l'humiliation – et pour lui cela vient fort vite.

Mais il y a aussi de vrais moments de jubilation dans cette correspondance nocturne et matinale. Répondre à son tempétueux Monet, « son vieil hérisson sinistre, son crustacé », « son vieux débris d'étoile » : quarante ans d'une amitié, d'un amour incroyablement dévorant, avec en commun cette passion pour la peinture, la « distillation de la lumière », les fleurs et l'azur de Giverny ou de Belébat, sa maison de Vendée. Ce Monet qui pique des colères, crève ses toiles à coups de pied, les lacère parfois au couteau. « Je ne peins que des cochonneries », enrage-t-il. Rien n'est jamais à la hauteur de ses espérances. Il a tort, vraiment tort, pense Clemenceau. Mais comme il le comprend. Un jour, visitant son atelier, il lui avait murmuré à l'oreille : « Si vous n'étiez pas poussé par une éternelle recherche de l'au-delà, vous ne seriez pas l'auteur de tant de chefs-d'œuvre. » Monet avait continué à bougonner.

Répondre aux importants, mais prendre soin aussi de ne jamais négliger cette France des « moindres qu'il faut protéger », écouter ces « souffrances d'en bas ». Il les a côtoyés quand il était médecin des pauvres à Montmartre, dans son misérable dispensaire, au 23, rue des Trois-Frères. Ceux-là qui se souviennent de sa bienveillance, et lui racontent, encore aujourd'hui, leurs malheurs. Ils le prennent à témoin d'une vilenie de la police, d'un juge scélérat, d'un propriétaire peu scrupuleux. D'autres attirent son attention sur un décrété fou dont on s'est débarrassé chez les aliénés, ou sur la cause de ces dénommés bâtards maltraités dans sa Vendée natale comme dans toute la France. Il lui faut défendre aussi ces nourrices qui abandonnent encore leurs nouveau-nés, pour se livrer à ce « commerce des mamelles » qui leur permet de gagner leur vie en allaitant les enfants des bourgeois. Il y a aussi ces prostituées, ces censées « déshonorées » juste bonnes à servir de défouloir aux plus argentés.

Jeune, il se hérissait déjà contre cet ordre social. « Tous les hommes ont faim, c'est la loi de la nature, tous doivent manger, c'est la loi de la justice. Tous mangeront, c'est la loi attendue », écrivait-il alors.

Aujourd'hui il n'a pas faibli, même si sa longue carrière a quelque peu émoussé ses illusions. Il se dit qu'il a fait ce qu'il pouvait. Pendant cinquante ans, il a bataillé, a été radical, à l'extrême gauche. Devenu ministre de l'Intérieur et président du Conseil, il a vraiment dû et su tempérer ses ardeurs. Quand, au pouvoir, il a voulu restaurer l'ordre républicain, défendant le droit de grève mais redoutant l'insurrection, certains l'ont même désigné briseur de grèves. Ennemi du peuple, individualiste forcené, c'est ce qu'on a dit de lui. À la Chambre, il siégeait sur les bancs de la gauche la plus extrême. Au pouvoir, il est devenu plus tempéré. Il ne peut pas le nier. Son vieux rival socialiste, « l'utopiste Jaurès », comme il dit, l'a toujours respecté, mais fort souvent brocardé, traité même de « bourreau des travailleurs ». Mais non, il ne sera jamais, lui, « ni collectiviste ni communiste », il ne pourrait jamais vivre dans un État ainsi organisé, avec cet « esprit de caserne » que les marxistes veulent instaurer. Oui, la grève est un droit absolu, mais celui qui veut travailler doit être protégé. Jeune et dans l'opposition, il a aimé le désordre. Âgé et aux affaires, il a toujours tranché pour l'ordre. Cela lui sera éternellement reproché. Mais cet idéalisme des socialistes est, pour lui, un « fastueux mirage ».

Il se remémore ce jour de juin 1906. L'Assemblée est bondée, on y crève de chaud, il répond à Jaurès : « Sans doute vous me dominez de toute la hauteur de vos conceptions socialistes. Vous avez le pouvoir magique d'évoquer de votre baguette des palais de féerie. Moi, je suis le modeste ouvrier des cathédrales qui apporte obscurément sa pierre à l'édifice auguste qu'il ne verra jamais. Au premier souffle de la réalité, le palais de féerie s'envole, tandis qu'un jour, la cathédrale républicaine lancera sa flèche dans les cieux. » Un peu boursouflé sûrement, une manière de revoir l'histoire à son avantage, probablement.

Alors, quand chaque nuit, par courrier, beaucoup l'interpellent sur leurs malheurs du jour, c'est un vrai plaisir pour lui de houspiller l'administration. Chaque cause vérifiée, c'est l'occasion d'appeler à sévir pour que ces veuves et orphelins de pêcheurs de Vendée, dont le mari, le père est mort en mer, soient enfin indemnisés. Sauver de l'expulsion une de ces pauvres familles de la Butte, dont il se souvient – il a été leur maire –, voilà un bon usage de sa notoriété. Souvent de ses deniers, aussi.

Il ne lui est pas déplaisant de jouir de la terreur qu'il inspire. Si c'est pour un juste combat, pourquoi ne pas « fouetter » ces fonctionnaires planqués et soupçonneux, ces politiques pusillanimes, ces bourgeois repus... Son bras redevient soudain fort long et ses lettres menaçantes. Il a terrorisé les « boches », les « casques à pointe », les Prussiens, paniqué l'empereur d'Allemagne Guillaume II, maltraité des hordes de parlementaires, mis au tapis la moitié de la classe politique française pendant des lustres. Ne le surnommait-on pas, du temps de sa splendeur, « l'Attila, le fléau des gouvernements » ? Alors pourquoi ne pas se faire, aujourd'hui, justicier du quotidien ? Une jubilation pour lui, qui n'aime que redresser les torts.

Et puis, parce qu'on ne bataille pas tout le temps, et que la suavité fait encore partie de la vie de ce vieux monsieur qui reste vert dans l'âme et fringant dans la tête, il a ses correspondances d'ancien galant. Toutes ses vieilles maîtresses jamais perdues de vue qui l'appellent à l'aide, pour une appendicite de leur petite fille, pour un conseil, ou juste pour deviser sur l'air du temps. Ces anciennes flamboyantes, « ses belles amies » de cœur et de bon temps passé, sont devenues grands-mères, mais il continue à leur faire sa cour. Pas une ne doit rester dans l'attente.

On l'aura compris, toute la France connaît son adresse, le 8, rue Franklin, XVIe arrondissement.

Son téléphone installé pendant la guerre (demander Passy 9882) ne sert qu'aux urgences, aux échanges d'informations brutes et impersonnelles car il a le plaisir du texte. Et c'est avec une fougue de jeune homme qu'il attaque l'écriture, les pieds au chaud dans ses pantoufles en feutre près du calorifère, car Monsieur Clemenceau a toujours les extrémités froides.

Mais la maniaquerie des horaires reprend vite, chez lui, le dessus. 7 h 30, nouveau petit déjeuner de viande, de soupe à l'oignon et de café, 8 heures, c'est Monsieur Leroy qui sonne. Un petit homme sec et dru, vêtu d'un costume de grosse étoffe grise. Un coach, dirait-on aujourd'hui. « Il est un peu brutal. Une fois j'étais par terre, allongé sur le tapis, il me dansait sur la poitrine, il m'a décroché le cœur. » Le petit appartement se transforme alors en salle de sport. Le président se présente en caleçon dans la salle à manger, pour quarante-cinq minutes consacrées à de la gymnastique abdominale et respiratoire. C'est son obsession, il ne faut surtout pas qu'un jour son corps vienne à le lâcher. Il révère la discipline, déplore que Leroy lui demande son dimanche, il s'en étonne et le suspecte de vouloir « traîner au lit ». Une idée absurde pour lui. Il conseillera souvent à ses amis soupçonnés d'être des intellectuels, donc forcément, selon lui, « mous et pâles », de pratiquer Leroy, avec un soupçon de mépris envers ces belles âmes, les trop « réfléchissants », forcément physiquement défaillants, quand il s'agit « d'en avoir ». Il feint de ne respecter que l'action.

Cela ne l'empêche pas d'être fort coquet. Albert, son valet de chambre, l'aide à revêtir tous les matins ses habits, costume et paletot, tous choisis avec soin chez *Old England*. Moustache brossée, eau de Cologne.

Après la douche, la pesée quotidienne pour lutter contre tout laisser-aller. Un petit moment de faiblesse, il profite de son chauffe-serviettes, un luxe pour l'époque et le comble de la modernité dans un appartement qu'il a voulu spartiate, autant par goût que par désintérêt. Son secrétaire et ami Jean Martet remarque avec désolation : « Monsieur Clemenceau n'a jamais été esclave de son tapissier. »

L'heure suivante a sonné. Il convient d'entamer sa seconde matinée de travail derrière son autre bureau, l'officiel, en forme de fer à cheval, protégé par les 4 951 volumes de sa bibliothèque qui recouvrent les murs. C'est là, quand il n'écrit pas, qu'il reçoit, tend sa bonne oreille aux bruits de la politique, à ce que l'on raconte en ville et dans le monde, à l'Assemblée, ou à l'Élysée. Mais aussi en Amérique, chez les « boches », partout à l'étranger.

Officiellement, il a abandonné toutes ces vanités. Il affirme ne plus lire aucun journal. Mais en réalité, il veut *tout* savoir, y compris les derniers potins, une de ses faiblesses. Peut-être la rémanence de ses longues et adorées années de journalisme. Sûrement une vieille manie d'ancien ministre de l'Intérieur. Savoir tout sur tout. À coup sûr, une façon pour lui de rester vivant, dans l'action, dans la bagarre même.

Parfois, dans son vestibule poireautent des fâcheux, ceux-là sont renvoyés illico. Il y a aussi les « cons ou les traîtres » – il y en a, pour lui, une infinie quantité –, ceux-là sont congédiés avec ardeur par Albert, qui le protège et s'inquiète sans le dire pour son Grand Homme.

Mais il y a aussi de bonnes surprises. Des journalistes étrangers qui veulent approcher la légende, comme pour autopsier le « Père la Victoire » avec curiosité. Il y a même des dames, et là il se rengorge. À quatre-vingt-deux ans, sa réputation est encore vivace, il est certain de ne point l'avoir usurpée. Quand il est assailli, il est flatté, mais se plaint, le vieux rusé, de n'avoir plus le temps de penser, d'écrire son grand livre, *Au soir de la pensée*, avec cette terreur persistante d'être rattrapé par la mort ou la maladie, parce qu'elles l'empêcheraient de boucler son œuvre.

Quand il est déserté, il se décrète heureux de pouvoir enfin se consacrer à son livre, à l'Inde, la Grèce, à son jardin et à ses fleurs. Depuis qu'il s'est fait « renvoyer » de la présidence de la République, en janvier 1920, il ne se fait plus trop d'illusions. Aristide Briand, son ennemi de toujours, était déjà à la manœuvre, au profit de celui qu'il dénomme « le joli petit Deschanel », « le roitelet des arrivistes ». « On m'a retraité, on m'a remercié et le pays m'a congédié. » Trop à droite pour la gauche, trop à gauche, anticlérical et bouffeur de curés pour la droite, trop vieux, trop vache. « Je ne connais pas de plus grand plaisir que de dire ce que je pense, quoi qu'il puisse arriver. » Cela a toujours tourné au jeu de massacre.

Si on a rejeté sa candidature à la présidence – il préfère expliquer qu'il avait accepté de se laisser porter à être candidat, sans le vouloir vraiment –, quelques mois après que les Français l'ont porté aux nues, c'est aussi que nombre de parlementaires lui ont fait payer ses terribles traits d'esprit. Il s'est fait, en cinquante ans de carrière, un si grand nombre d'ennemis. Il n'a jamais résisté au plaisir de faire un bon mot, tant par son verbe haut que dans ses articles assassins. C'était souvent bien vu, parfois gratuit aussi. On l'a redouté, détesté, il assume. Pour cette présidentielle, on racontait alors qu'il était très malade, à moitié gâteux, qu'il allait même épouser une de ses maîtresses… et que « lui président, cela ferait un enterrement civil à l'Élysée ». Il leur avait répondu : « Moi président, il n'aurait pas été dans mes intentions de mourir. » Il avait claqué la porte. Il se refusait à ramper pour obtenir leur onction.

Il aura sa revanche. Le 21 septembre 1920, huit mois seulement après son élection, Deschanel, devenu président, est « démissionné » pour dérangement mental. Et pour cause… Il parle seul des journées entières dans son bureau présidentiel à un ami imaginaire, signe parfois des documents officiels du nom de Napoléon. Il lui arrive aussi de se prendre pour un corbeau, il grimpe alors aux arbres et croasse dans le parc de l'Élysée. On lui a préféré un dément, mais qu'importe !

Depuis ce 11 novembre, à 6 heures du matin, et cette longue étreinte avec Mordacq, le chef de son cabinet militaire venu lui annoncer la victoire, tout n'est que superflu. Il a le souvenir de ces quelques larmes échangées. « Après le 11 novembre, je n'ai plus rien connu qui vaille la peine. » Faut-il le croire ? Mais en ce jour de fête et de libération, il s'inquiète déjà pour l'après, cette paix si dure à négocier, comment être à la hauteur du sang versé ? « Ces Français que nous avons jetés dans la bataille, ils ont des droits sur nous », eux, les poilus, les morts pour la France. Sur les photos d'époque, la gravité l'emporte sur la joie de la paix retrouvée.

Et quand, dans sa retraite, bien des années plus tard, on lui rapporte que Foch ou Poincaré en cette année 1923 « bavent » sur lui, cela ne l'étonne que peu, mais il en est blessé. Il a aimé Foch, l'a respecté, l'a défendu – c'était après la défaite du Chemin des Dames, il était mis en accusation pour manque d'anticipation. Il l'a même fait maréchal, par la suite, mais Foch, il le sait, n'a jamais véritablement admis la suprématie des civils sur les militaires. C'est pour ça que Clemenceau l'a écarté des négociations du traité de Versailles.

Ce n'était pas sa place. Ce Foch, un temps si ardent à ses côtés, pour qui il avait obtenu le commandement unique sur les Alliés, si décisif dans l'issue de la guerre ! « Il veut réécrire l'histoire, s'attribuer la victoire ! Me traiter de vieillard pleurnicheur, de quasiment gâteux dans la presse américaine, quelques jours avant ma tournée aux États-Unis, c'est bassement injurieux ! »

Le vieux ronchon souffre en silence. Que certains le surnomment « Perd la Victoire », que les Foch et autres Poincaré lui reprochent d'avoir trop cédé aux Alliés, la paix revenue, il ne peut ni ne veut l'accepter. La réalité est plus complexe. Ce président Poincaré, qui l'a nommé président du Conseil en novembre 1917 – au pire moment de la guerre, moins par envie que par nécessité, quand le défaitisme était la pensée dominante –, ce Poincaré, Clemenceau ne l'a jamais vraiment aimé, l'a peu estimé, le lui a fait souvent sentir. Comme le précisent les fidèles du Tigre, il a vraiment fallu que la situation fût désespérée pour que Poincaré lui dise « À votre tour ».

Clemenceau en a fait une de ses têtes de Turc préférées. Il l'a baptisé « l'homme d'inaction », de « nolonté », résumant ainsi sa mollesse : « Je lui reproche de ne pas vouloir savoir et de ne pas savoir vouloir. » Il lui adresse peut-être le pire des reproches, celui de ne pas avoir su incarner la France, d'être toujours resté gris : « Poincaré, il imite à la perfection le vivant. » Il le maltraitera bien souvent. Un assassinat régulier, par petites phrases, en bonne et due forme. Ce pauvre Poincaré, si rangé, tellement dépassé par les envolées de ce démon, son président du Conseil, à qui on attribue tous les mérites de la victoire, le passant, lui, le président de la République, aux oubliettes. Pas étonnant qu'il se raidisse. « Clemenceau, c'est ce fou dont le pays a fait un dieu. Il a sauvé la France à la fin de 1917. Mais il n'a fait cette besogne qu'aidé et poussé par moi. » Poincaré est jaloux, Poincaré est vexé. Clemenceau n'avait ni Dieu, ni maître. Pendant la guerre, Georges, alors président du Conseil, insupportable comme à son habitude, était allé jusqu'à prier le président Poincaré de cesser de lui écrire afin de ne lui faire perdre ni son énergie, ni son temps. Et de fait, en ce 11 novembre, c'est Clemenceau qui est vénéré, révéré. Pour le peuple, pour les Français, c'est bien lui le héros, pas les autres *politiciens*.

Ils seront nombreux à ne pas lui pardonner sa popularité. Clemenceau imagine déjà, à raison, qu'on va le critiquer, peut-être en venir, plus tard, à lui contester sa part de victoire. Mais pour l'instant, le jeune octogénaire laisse passer toutes ces attaques. Il ne répond pas. Toujours le dédain du Bouddha. On lui a proposé un million de francs pour écrire ses mémoires. Il a refusé. Ses finances sont pourtant en berne, il emprunte, rembourse pour encore réemprunter.

Il s'est tellement endetté pour financer ses journaux, sa passion de toujours. Mais pas question de nuire à la France en révélant la part sombre de la guerre, les misères d'une victoire, ou les bas-fonds de la politique et de l'humanité. Encore moins pour de l'argent. Il veut conserver vivante l'image de sa France unie et triomphante. Et c'est la raison pour laquelle il surveille – officiellement de loin, mais en fait de très près – l'application de ce traité de Versailles, qu'il a paraphé. Son sentiment sera toujours le même, les années venant : les Allemands sont intraitables, rusés, face à l'envie de paix des Français. Les Américains, lui qui les aime tant, exigent de façon insensée le remboursement des dettes de guerre des Français, quand les Allemands n'honorent pas les leurs. Quant au gouvernement français, il ne semble pas réaliser le danger. On peut tout lui reprocher, mais pas sa prescience sur le réarmement allemand. Il déclarera en avril 1929, quelques mois avant sa mort, à son ami et collaborateur Jean Martet : « Les Allemands s'étaient engagés à ne pas fabriquer de nouveau matériel de guerre et à se soumettre aux inspections de nos commissions de contrôle. Les commissions de contrôle ont été supprimées en 1923. On ne les a jamais rétablies. Actuellement, personne ne peut dire ce que l'Allemagne est en train de faire au point de vue de la fabrication des canons, des avions, des fusils, etc. Avant dix ans, nous aurons la guerre, Martet. » On était en 1929.

Mais en ce jour de mars 1923, il est encore optimiste et comme pour tous les jours qui suivront, il a décidé d'être heureux. Car, quand il n'écrit pas son testament philosophique, *Au soir de la pensée*, entamé en 1921, longue réflexion sur la vie, la science, la mort, la religion et les civilisations (vaste programme !), il veut profiter de l'existence. Il a choisi de ne pas avoir une minute à lui. Il court au marché aux fleurs en fin de journée, parcourt le bois de Boulogne, plante, taille ses arbustes, toujours à la recherche d'un nouveau rosier, de graines de marguerites naines, d'une espèce rare de giroflée rose conseillée par Monet, qui sera si belle en sa Vendée. Il se démène, dresse un véritable plan de bataille pour installer quatre cents bouches d'arrosage dans son jardin sablonneux de Saint-Vincent-sur-Jard.

« Ce qu'ils ne savent pas, c'est qu'il y a un vieux fond de jeunesse en moi et qui résiste à tout, car quand on est jeune, c'est pour toujours. » C'est ce qu'il veut croire. Et, entre travail et passion jardinière, il contemple parfois l'étui renfermant ses pistolets damasquinés. Coiffé de son bonnet d'été, les mains gantées de cuir fin tout gris, pour oublier cette maudite maladie qui attaque sa peau, ses mains qui se dessèchent, il se souvient de l'époque où il se battait en duel. Il s'entraînait le matin sur les rats d'égout venus voler les graines de ses amies les poules installées au fond de son jardin parisien. De jolis pistolets qui avaient terrorisé ce monsieur Déroulède. Deschanel, lui, avait subi l'épée. Il a la nostalgie de ces duels, de l'ardeur, du face-à-face qui révèle l'homme ou illustre sa couardise. Alors, oui, il aime toujours le bruit de la bataille. Il recherche encore l'adversité, mais aussi, pourquoi pas, le bonheur ? Le pire pour lui est quand il ne se passe rien. Là, il sent arriver le printemps.

Chapitre 2
Une rencontre inattendue

Toute ma vie, j'ai été amoureux.

Confidence de Georges CLEMENCEAU à Cécile SOREL, mondaine et comédienne.

Ce matin, Marie-Marguerite Baldensperger s'est levée tôt. En réalité, depuis quelque temps, elle ne dort plus vraiment. Pas question d'être approximative ou défaillante, encore moins éplorée, mal fagotée ou pâlotte pour rencontrer Clemenceau. Sa robe est sobre, pas de bijoux. Elle porte le deuil. Elle est mince et élancée, en fait, un peu maigrelette du fait des tristesses accumulées. Pas de maquillage, pas le genre. Elle n'a pas encore quarante et un ans, mais on est déjà « remisée » à cet âge. Elle se souvient de cette tirade d'Octave, dans *Les Caprices de Marianne* de Musset, qui s'adresse, bien sûr, aux femmes : « À dix-neuf ans, vous avez encore cinq ou six ans pour être aimée, huit ou dix ans pour aimer vous-même et le reste pour prier Dieu. » C'est dire comme elle se sent vieille. Juste un peu de poudre sous les yeux, pour atténuer les cernes, et ces marques profondes de tant de larmes versées. Elle a peur. Elle ressent aussi ces douleurs persistantes aux jambes qui l'inquiètent. Mais ce n'est pas le sujet du jour, pas question de flancher. Elle répète vingt fois son petit compliment introductif : « Monsieur le président, c'est un honneur pour moi de pouvoir vous rencontrer. Alsacienne d'adoption, je sais à quel point nous vous devons cette victoire... » Et blablabla. Elle est sincèrement impressionnée par l'animal politique et sa terrible réputation. Qui ne le serait pas ? Dans sa famille, côté alsacien, bien sûr, mais chez ses parents lyonnais aussi, tout le monde révère le dieu Clemenceau. Elle est anxieuse, mais, Marguerite le sait, ses origines bien nées lui ont donné tous les codes pour affronter le malin. Il est 10 h 35. Elle lui a posté un mot bref, quelques jours auparavant, justifiant sa demande de rendez-vous. Il a répondu qu'il recevait à domicile tous les matins, entre 9 heures et midi. La voilà. Depuis l'épouvantable journée, ce 6 mars 1923, elle a décidé de travailler, « sa seule aide salutaire », répète-elle comme pour se justifier. Pour atténuer, si possible, son calvaire et occuper son esprit dévasté. Une dépression que l'on ne peut alors même nommer ou imaginer. Elle est devenue, grâce à l'aide de son entourage, éditrice chez Plon. Sa collection « Nobles vies, grandes œuvres » a pour mission de fournir à la jeunesse d'édifiantes biographies de grands hommes du passé. Leurs auteurs se doivent eux aussi d'être illustres. Elle veut lui demander d'écrire pour elle. Clemenceau ne pourra qu'être flatté, espère-t-elle. Elle ne peut subir un échec. Elle se doit de le convaincre.

Marie-Marguerite née Bonzon, épouse Baldensperger, a fait un bon mariage. Avec Fernand, de onze ans son aîné. Noces à vingt et un ans, quatre enfants suivront. Lui, pourtant issu d'une famille d'industriels des Vosges travaillant dans le textile, optera pour l'université. Il acquiert vite une authentique renommée ; pionnier de la littérature comparée, c'est un érudit, comme l'on dit, avec respect, dans la famille. Professeur à Berlin, Heidelberg, la Sorbonne, Harvard, agrégé à vingt et un ans. Il n'est pas souvent là. Elle, a connu le destin bien tracé d'une héritière de bonne famille. Des banquiers suisses établis à Lyon, un père fondateur du Crédit Lyonnais. On a du bien dans sa famille. Sa dot servira d'ailleurs à acheter ce qui deviendra la propriété familiale à Saint-Dié. On lui disait alors qu'elle avait tout ou presque pour être heureuse. Une belle maison, des enfants, un mari. Que demander de plus ? Jeune, elle a été joyeuse, fantasque parfois. Aux dires de ses enfants, elle était « la fantaisie même ».

Sur les vieux clichés, on la voit rire dans le jardin, jouant avec l'âne et le chien, tout le monde gambade joyeusement aux Alouettes, dans leur vaste parc. Mais elle est vite rentrée dans le droit chemin du quotidien, s'est fondue dans le paysage et dans l'austérité provinciale. Peu de voyages, à l'exception d'une cure thermale, pour soigner ses jambes, chaque année à Bagnoles-de-l'Orne, une folie ! Elle se sent souvent esseulée. Elle a un peu de personnel pour l'aider, mais l'éducation des enfants, la bonne tenue de la maison, les repas sont ses distractions principales. Milieu protestant, tout en intériorité, Saint-Dié, la pluie, souvent la neige, femme de, fille de, la haute société vosgienne un peu guindée...

Il lui faut puiser en elle une force intérieure très puissante pour pouvoir avancer. Mais, en ces temps-là, on ne se pose guère la question du bonheur, surtout quand on est une femme ; encore moins quand on est une mère. Pourtant, il y aura les études secondaires, le piano, l'envie, jeune, d'aller plus loin... On la voit sur les photos de famille, radieuse certes, mais le regard en biais, comme si elle cherchait déjà une échappatoire. Comme s'il y avait un ailleurs qu'elle espère mais que les conventions lui ont déjà refusé. Jeune, son mari avait été charmant, la moustache qui frise, amoureux et fringant. Mais il est devenu austère et absent. C'est un érudit...

Elle recevra beaucoup de cartes postales en 1912, de messages affectueux. Cette année-là, son mari, son père, son frère s'embarquent tous les trois pour quatre mois : Moscou,

Pékin, Tokyo, Singapour, un retour à Marseille en bateau. Ils se sont donné le temps, pourquoi rentrer plus vite ? Leurs explorations sont si passionnantes, si divertissantes aussi. C'est sans doute cela la vraie vie, découvrir d'autres contrées, d'autres mœurs. Elle a déjà trois enfants et ne connaîtra, elle, ces villes, qu'en photos. La tentation du voyage, son exotisme à elle, ce sera Bagnoles, les sapins des Vosges, les montagnes enneigées jusqu'au printemps. Ses enfants se souviennent encore de ces dimanches à Saint-Dié où, quand leur père ne se cloîtrait pas dans son bureau pour lire ou pour écrire, il débarquait le matin vers 7 heures, les réveillait, alors que la pluie battait aux carreaux par un « Quel bon dimanche pour une version latine ! ». Ou quand pour le Noël de ses sept ans, Fernand offrit à son petit-fils Bernard, en cadeau de fête, un ouvrage joliment relié, intitulé *Les Prosateurs polonais*. Quel étrange choix, pour un petit garçon ayant à peine atteint l'âge de raison. L'étude, le sérieux, l'exigence comme viatique. Ne jamais se laisser distraire, ou perdre son temps, s'amuser éventuellement à l'occasion. Telles étaient les règles de la maison.

Mais ce matin-là – cette fois, elle l'a bien voulu et vraiment recherché –, c'est seule qu'elle va se présenter devant le tribunal clemenciste… Elle en a tant rêvé. Marguerite a un avantage, elle est belle, ou du moins croit l'avoir été. Elle n'en est plus très sûre. Ce sera peut-être un atout. La réputation de galanterie de M. Clemenceau est bien connue jusque dans les Vosges.

Un claquement de bottines dans la petite cour du 8, rue Franklin, et elle franchit l'auguste seuil. Elle sonne, pénètre dans ce rez-de-chaussée en fond de cour.

— Monsieur le président va vous recevoir dans quelques minutes...

Elle n'attendra pas longtemps dans le sombre vestibule. Juste le temps nécessaire pour bien lui signaler qu'il est fort occupé – l'orgueil toujours – et qu'il n'est pas à l'affût des visites. Elle est intimidée, mais son caractère est bravache.

Après ce qu'elle a vécu, que peut-elle connaître de pire ? Certes, elle est habituée à servir les autres et à se taire. Au fond, qui est-elle vraiment ? Une mère de famille endeuillée ? Une provinciale qui a ses bonnes œuvres ? Un peu de tout cela. Qu'importe, elle se doit d'avancer. Alors elle observe tout, une façon de reprendre des forces, assise sur l'inconfortable banquette de l'étroite antichambre, son petit chapeau noir sur les genoux. La verrière colorée avec ses motifs de fleurs enlacées, l'armoire dépourvue de clés, le parquet qui grince dans un silence de monastère. Comme si marcher était une offense au calme du lieu. Est-elle déjà dans le tombeau de Clemenceau ? Tout cela est si petit, si modeste, par rapport à l'idée qu'elle s'en faisait. Elle n'a plus le temps de penser. On l'admet dans l'antre du Tigre.

Journal de Marguerite

Quel drôle d'homme ! Il est plutôt petit en vrai, peut-être un peu moins que le mètre soixante-dix. Ses pommettes lui donnent une tête jaune de vieux barbare, et d'ailleurs il me raconte fièrement être le descendant d'une de ces hordes ayant envahi, il y a des siècles, la Vendée. Sa tête est petite aussi, il porte un étrange bonnet. Son bureau est une sorte de musée, comme une salle d'archéologie. Il y a des sculptures grecques, égyptiennes, de drôles d'objets japonais. Un chien photographié est encadré au mur.

— Lui, c'est Dunley, me dit-il. J'ai toujours eu des chiens, je ne peux m'en passer, ils ont de tels silences ! Il avait pris cette terrible habitude d'aller fuguer au bois. Là, quand il était fatigué, c'était fort souvent, il sautait dans un fiacre. Tous les cochers le connaissaient, et je devais m'acquitter de la course de retour de « Monsieur ». Il m'accompagnait chaque jour, au ministère, à Beauvau. Il tenait compagnie à mes deux cigognes, à mon couple de paons qui paradaient dans le parc.

Peut-être me prend-il pour une idiote, pour une enfant, à me raconter ces histoires-là. Mais je vois aussi dans ses yeux une forme d'intérêt. J'enchaîne :

— Nous avons des amis communs.

— Cela m'étonne, car pour avoir des amis communs, il me faudrait avoir des amis, je n'en ai guère.

Je poursuis gauchement, il me coupe :

— Et je vous avertis, madame, que mon temps est pris par des travaux dont je ne puis me laisser distraire.

Je développe mon projet : il aime l'Amérique, y a longuement séjourné, y a encore fait une tournée triomphale l'an dernier, donc je verrais bien une biographie de Lincoln pour ma collection. Un petit livre fort accessible pour la jeunesse, rien à voir avec le reste de ses illustres œuvres.

— Hors de question, dit-il, Lincoln je ne l'ai pas connu ! Ce sera Démosthène.

C'est sûr qu'il l'a souvent croisé... Va pour l'homme politique athénien, tribun redouté dont le portrait est dans son bureau. Il en parle avec fureur.

— Démosthène a sauvé Athènes de l'ignominie défaitiste, c'était une force au-dessus de la désespérance.

Je puise en vain dans mes souvenirs d'école, c'était il y a au moins mille cinq cents ans, je crois, mais ce portrait qu'il trace...

— Il a été tour à tour acclamé, redouté, déifié, renié, conspué, trahi, tué.

Je me prends à sourire, il ne relève pas. De qui parle-t-il vraiment ? De lui sans aucun doute, comme fréquemment, paraît-il. Je lui explique que ce doit être un livre simple et sérieux. Sérieux, je n'en doute pas, simple, ce n'est pas gagné au vu de ce qu'il m'en expose. Pas sûr que cela passionne mes jeunes lecteurs. Mais de toute façon, je comprends vite qu'avec Clemenceau, il n'y a rien à ajouter, peu à négocier. Il poursuit « Vous savez que je lis le grec ancien couramment ». Puis il m'observe de la tête aux pieds, à peine discret, je me redresse pour ne pas sembler affaissée dans son vieux fauteuil Chesterfield en cuir. Nous sommes à peine à deux mètres l'un de l'autre. Je balbutie et, pour conclure, m'excuse de l'avoir dérangé.

— Oui vous m'avez dérangé, mais le plus agréablement du monde. Continuez, madame, à me déranger, autrement, je m'abrutirais de travail.

Il enchaîne :

— Par pitié, n'insistez pas et vous obtiendrez de moi tout ce que vous voulez.

Je vois bien qu'il est intrigué, que je ne lui déplais point.

— Vous avez un mari, des enfants ?

— Oui et oui. Quatre enfants, enfin trois.

J'en ai les larmes aux yeux. Pour couper court, j'ajoute que mon époux est professeur à l'université.

— Je n'aime pas les universitaires, mais je suis content de vous savoir mariée à un universitaire. Cela donne l'appui nécessaire que l'homme doit apporter à une femme comme vous.

Bon. Ensuite, il joue, le cher rusé.

— Votre mari doit avoir à peu près quarante-cinq ans ?

— Il en a cinquante-deux.

— Il doit donc être beaucoup plus âgé que vous ?

Bien amené. Il a ainsi obtenu mon âge, presque sans faute de goût.

— Dites à votre mari que je le félicite d'avoir une femme comme vous. Amenez-le-moi, ce doit être un homme. J'ai passé ma vie à chercher des hommes, j'en ai peu rencontré.

Il me propose ensuite de venir visiter son jardin. Il peste contre « ces écoliers des jésuites d'à côté, ceux de Saint-Louis-de-Gonzague », qui lui ont encore envoyé leur ballon au risque d'écraser ses iris, de massacrer ses rosiers. Je plaide :

— Mais ce ne sont que des enfants !

— Rassurez-vous, madame, je n'ai pas un vieux cœur aussi endurci que vous semblez le croire. Je leur rends toujours leur fichu ballon. Mais en échange, ils doivent écouter un petit sermon à ma façon sur les inanités de la religion et de leurs bons pères. Voyez-vous, les curés veulent m'amener à Dieu. Ce en quoi ils perdent leur temps. J'attends que Dieu fasse le premier pas.

Je souris. A-t-il absolument besoin de se montrer aussi bougon ? Je ne suis pas bigote, même si je crois en Dieu.

Il me plaît. Il y a une finesse, une galanterie en lui qu'il s'acharne à vouloir masquer. Quand il me raccompagne, il s'extasie devant les tulipes que Monet lui a offertes la veille, celles-là sont jaunes, il en a des noires dans son jardin. Je renchéris, bien sûr, elles sont magnifiques ! Puis nous fixons, comme il l'a demandé, un rendez-vous avec Fernand. Ce sera le lundi 7 mai. Nous nous embrassons très naturellement. Je me sens légère. Je vais avoir mon livre, et mieux, l'occasion de le revoir.

Il est 11 h 45. Clemenceau est guilleret car Marguerite est fort jolie. Il en oublierait presque la politique. Elle a une sorte de faiblesse, de tristesse qui lui plaît et l'attire. Une forme de gaieté aussi, qui parfois, ressurgit. Il essaiera de savoir d'où vient cette noirceur qui la ronge.

Mais chaque chose en son temps. D'abord, il va rencontrer la famille, le mari, il le faut bien ! Voilà pour les convenances. Et il se prend à rêver… Elle a de jolis yeux dorés, sa taille est fort bien prise, loin de ces silhouettes alourdies par le temps et les maternités. Il ne lui manque rien. Si distinguée, une allure de pastel. Elle ne ressemble pas à ces femmes que peignent Rubens ou Renoir et qu'il déteste. « Des sortes de monstres ! Vous avez vu les fesses qu'il fait à ces malheureuses, cela ne devrait pas être toléré. C'est à vous dégoûter de l'amour. » Il a retrouvé un vrai brin de ferveur. Après tout, il n'a que quatre-vingt-deux ans… Et l'avenir devant lui.

Chapitre 3
Une flamboyance intérieure

Il y a deux sortes d'hommes : ceux qui font ce qu'ils veulent et ceux qui font ce que veulent les autres.

Georges CLEMENCEAU

7 mai 1923

Journal de Marguerite

Nous voilà arrivés, avec Fernand, rue Franklin pour la cérémonie de présentation. Clemenceau l'a exigé. Je dois dire que je redoute un peu cette entrevue. Mais mon mari, sous des dehors parfois un peu guindés et froids, est souvent capable de se montrer fort conciliant. Il sait pertinemment que ce livre est essentiel pour moi. Je suis fière car c'est moi qui vais lui présenter Clemenceau, notre héros familial. Barrès, Proust ou Bergson, ce sont ses fréquentations à lui. Oncle Georges, comme l'appelleront bientôt, je l'espère, mes enfants, c'est mon ami à moi. Tout se passe à merveille. Jack, le terrier écossais du président, « hardi mais pas agressif », selon lui, dort à ses pieds près du calorifère. L'assaut de politesses et d'amabilités passé, ils enchaînent sur leurs souvenirs de voyages, un véritable concours d'explorateurs. L'Inde, l'Amérique, tout y passe.

— Fernand, déclame Clemenceau, je ne veux pas aller au paradis, auquel je ne crois nullement, si je n'y retrouve pas Bénarès, l'Inde, les fleurs et ce culte insensé. Je me souviens de ces bonnes vaches sacrées qui venaient, le matin, manger à mon cou les colliers de fleurs dont on m'avait enguirlandé.

Un déferlement de souvenirs, vrais ou revisités. Fernand rit. Je tente alors d'exister. Moi aussi en 1917, et souvent par la suite, j'ai fait cette horrible et longue traversée de l'Atlantique en bateau, je suis partie rejoindre mon mari là-bas, quand il enseignait aux États-Unis. Je n'ai pas connu les Indes, j'étais dans mes Vosges, mais j'ai fréquenté des Américains. On me regarde aimablement. Manifestement, ce n'est pas mon moment. Ils se trouvent, encore, de nouvelles passions en commun. Muette, je me fonds dans le décor, sorte de bibelot en arrière-plan…

Le chien s'agite, nous soupirons, Jack et moi, discrètement. Tout cela est un peu long, mais mieux vaut que Fernand et Georges sympathisent. Ils évoquent ensuite le passé, la politique bien sûr, l'affaire Dreyfus, ou encore l'esclavage, que tous deux dénoncent.

— J'étais en Amérique, en 1866, au moment de l'adoption du 13e amendement sur l'abolition de l'esclavage. J'en ai presque pleuré. J'avais écrit, alors, dans mon journal Le Temps, *que les Noirs devraient et auraient bientôt le droit de vote. Le racisme m'est insupportable. Je ne peux m'empêcher de penser que si l'enfant Jésus avait été américain, un des trois rois mages serait resté à la porte.*

Mon mari acquiesce.

Comme Fernand est alsacien, on parle forcément de 1870 et de la perte de nos chères provinces. Tous ici, nous avons eu le regard fixé sur la ligne bleue des Vosges, celle qui nous séparait de la France. Clemenceau reprend :

— Je n'étais pas pour la guerre, mais ce n'était pas en bêlant la paix qu'on aurait pu faire taire le militarisme prussien. Seul le boche regarde la guerre avec sang-froid et par conséquent la prépare ; le Français commence à y penser le jour de la mobilisation. N'êtes-vous pas d'accord, Fernand ?

Mon mari obtempère bruyamment, à coups de Oh ! Oui ! Ah ! J'opine aussi, mais toujours en silence. Quoi que je dise, ils sont ailleurs.

Et puis la colonisation ! Une honte, une perte d'argent et d'énergie, une erreur stratégique, par-delà la morale.

— On commence par des missionnaires, on continue par des militaires.

Il récupère dans ses archives son grand discours de 1885. C'est Jules Ferry qu'il visait alors. Cela doit l'amuser, Clemenceau, car Ferry est notre célébrité à Saint-Dié. Il y est enterré. Nous passons devant son ancienne maison, chaque fois que nous allons aux Alouettes. Clemenceau se lève, il adore se citer lui-même :

— Et je leur ai dit, à Ferry et aux autres – j'ai bien sûr conservé le texte, même si à l'époque, j'avais beaucoup improvisé. Écoutez. (Il s'empare de ses lunettes rondes.) Non, il n'y a pas de droit des nations dites supérieures sur les nations inférieures, n'essayons pas de revêtir la violence du nom hypocrite de civilisation ; la conquête que vous préconisez, c'est l'abus pur et simple de la force, ce n'est pas le droit, c'en est la négation !

La discussion devient alors un long monologue. Il revit ses grandes heures de tribun, debout, dans cette position qu'il appelle « sa station verticale » qui lui permet de s'emporter, encore plus aisément. Jack s'est réveillé, même s'il doit y être habitué, car Clemenceau se met à déclamer haut et trop fort. Fernand est plus circonspect, c'est son tempérament et c'est dans sa nature. Mais quand ils évoquent la religion bouddhiste, l'antique civilisation chinoise, la sagesse de la Grèce antique, Fernand s'échauffe tout à coup, le voilà enflammé. Ce n'est pas si fréquent. J'en suis stupéfaite. On ne peut plus les arrêter. Finalement, mon mari se lance, tout à sa vénération clemenciste. Moi, je n'aurais pas osé…

— En 1920, la présidence de la République confiée par les parlementaires à ce Deschanel, vous avez dû quitter la politique, comment accepter tant d'ingratitude ?

— Oh, mon cher Fernand, si j'avais été élu, je n'y serais pas resté trois mois, je me serais cabré, vous pensez bien que si j'avais consenti à faire ce métier-là, ça n'aurait pas été pour inaugurer l'exposition d'horticulture. Je n'ai jamais recherché ni le pouvoir, ni les honneurs. Je vous rappelle que la première fois que je suis devenu ministre, c'était en mars 1906, j'avais déjà presque soixante-cinq ans, alors retourner à mes chères études, au sens propre du terme, après la guerre, voilà qui ne m'a point troublé. Et puis, vous savez, j'étais taillé pour affronter le grand oubli.

Clemenceau nous toise alors avec son air matois, un éclair de morgue dans le regard. Il est plutôt fier de son effet. Mais, malgré sa pose théâtrale, j'imagine qu'il s'est senti un soupçon humilié. Enfin il conclut, pour clore, la séquence :

— Il ne faut pas s'attarder dans l'escalier quand on quitte une compagnie. En réalité, j'étais un peu las de toutes ces âneries et de tout ce néant de quoi la politique est faite. Alors, je me suis tourné vers la Grèce. D'autres vont à la pêche à la ligne. Chacun sa méthode. J'ai beaucoup voyagé, c'était pour moi une aubaine. Presque deux ans, non pas pour oublier, mais pour me ressourcer et philosopher au contact des civilisations millénaires.

Peut-être un peu pompeux ? Fernand approuve. Moi, je n'y crois qu'à moitié. Officiellement, il ne laisse entrevoir aucune aigreur, mais perce toujours, chez lui, un petit ressentiment, la vexation d'avoir été ainsi congédié. Ils enchaînent. Ils m'ont, encore, oubliée. Clemenceau a l'air de prendre goût aux universitaires. Apparemment, mon époux ne lui a pas déplu. Ils ont effectué comme une sorte de parade pour se séduire mutuellement. Le président ne nous a pas refait, ce que je redoutais, le coup du mépris pour ces intellectuels qui seraient des planqués, des rêveurs et qui ne connaîtraient pas, eux, le sens de l'action, l'art de la décision. D'ailleurs Fernand a fait la guerre.

— Je vous aime beaucoup, Fernand, veillez sur notre Marguerite.

« Notre Marguerite », Fernand n'a pas bronché. Me voici partagée.

— Nous ne nous connaissons que peu, mais je sens en vous l'honnête homme avec des convictions. Rien ne m'énerve plus que les gens bien tranquilles qui restent dans leurs bonnes petites savates, ceux qui restent dans leur petit coin. Tout le monde se dit, j'ai là soixante ou quatre-vingt-dix ans de vie à traverser, tâchons de les passer le plus agréablement possible en restant dans notre petit coin. Vous n'êtes pas de ceux-là, Fernand.

En sortant, mon mari admire son tableau de Monet, Le Bloc, *référence à la révolution de 1789, qui, d'après Clemenceau, ne peut se concevoir autrement qu'en un tout. L'espoir d'une vie meilleure, au risque de la Terreur, les exécutions capitales en série et sans distinction, c'était, pour lui, le prix à payer pour libérer les hommes. Mais Fernand, qui n'est franchement pas un sanguinaire, préfère changer de sujet de conversation, et l'interroger sur le tableau de Daumier, offert par ses collaborateurs quand il a quitté le pouvoir. On y voit Don Quichotte et Sancho Pança, le chevalier à la vaine entreprise et le valet au perpétuel bon sens. L'idéaliste rêveur, qui refuse de voir la réalité, se bat contre toutes les médiocrités, et Sancho, le pragmatique, revenu de tout, qui déplore les illusions de son maître. Clemenceau conclut :*

— Don Quichotte a tort, et grand tort, mais comme il a raison d'avoir tort ! Et il faudrait être le dernier des imbéciles pour ne pas avouer que Sancho a raison : mais comme il a tort d'avoir raison !

Fernand sourit, il est conquis. Moi, cela fait déjà longtemps que je suis sous le charme. Mais quand nous sommes partis, le président ne m'a pas embrassée.

Clemenceau s'est bien amusé cet après-midi, et quand il part faire son tour rituel au bois, ces quelques kilomètres quotidiens, malgré le temps frais, pour se dégourdir les pensées, il médite. Il s'étonne d'avoir trouvé un mari aussi compréhensif, qui laisse sa femme si libre, presque émancipée.

Lui, quand il était marié, se montrait intraitable. Son épouse en avait fait les frais. Mais, fidèle à ses instincts de chasseur, il croit avoir saisi que quelque chose est rompu dans le couple. Elle, si intense parfois, et lui, tout en pudeur, en retenue, presque en ennui aussi. Il a de l'allure, le mari, bien sûr. Ils partagent tous deux un amour pour Shakespeare. Fernand se passionne aussi pour les romantiques allemands, aime Alfred de Vigny, a écrit sur Goethe. Mais à sa façon, intellectuelle et appliquée. D'ailleurs à propos de Vigny, il ne lui a pas dit ce qu'il en pense vraiment. Clemenceau considère qu'il « est un laborieux, un penseur pour école primaire supérieure, que ses amours avec l'actrice Marie Dorval sont tordantes. Il pleure et il en reste là. » Il n'y voit que la faiblesse d'un amant éploré, doublé d'un triste manque de virilité. Il est vrai que du temps de sa splendeur, Clemenceau était, avec ses amoureuses, plus cavalier et fort expéditif. Fernand a probablement une forme de flamboyance intérieure, se dit-il. Mais est-ce bien cela que désirent les femmes ? Il fait semblant de s'interroger.

Le président sait déjà avoir les réponses. Il ne doute pas vraiment de son emprise. Il a saisi les regards de Marguerite. Il pressent une nouvelle conquête, elle est si malheureuse. Il veut savoir ce qu'elle lui cache.

Chapitre 4
Le pacte

Je vous aiderai à vivre, vous m'aiderez à mourir.

Georges CLEMENCEAU

Jeudi 21 juin 1923

Journal de Marguerite

Me rendre rue Franklin est devenu comme une habitude, j'y vais presque les yeux fermés. Là-bas, je sais être attendue. Plus trop d'appréhension. Je dois avancer sur ce Démosthène *et le convaincre de travailler pour moi quand il n'écrit pas pour la postérité, sa fameuse « quintessence »,* Au soir de la pensée. *Il m'a dit que notre livre pour les jeunes devrait lui prendre un gros mois de travail. Il doit aussi rédiger un article pour Monet et j'ai cru comprendre que c'était là sa priorité. Peu de gens le fascinent, mais il est obsédé par son ami peintre. Il aurait voulu avoir son talent, sa folie.*

Il ne me faudra point trop insister, tout en lui laissant entendre que je dois rendre des comptes à mon éditeur, Plon, qui s'impatiente...

Le jeune Albert m'accueille comme toujours avec son épais accent bourguignon, mais aujourd'hui, avec une bienveillance toute particulière. Je n'attends que quelques secondes, cette fois, et Georges me reçoit. Il a de nouveau la tête dans sa jardinerie de Vendée et son prochain départ qu'il prépare minutieusement.

— J'aime le frisquet et la bruine, dit-il, en matière d'introduction.

Je ne suis pas certaine de partager sa passion pour l'orage et l'humidité. Il nous invite alors, Fernand et moi, à partager les joies de sa bicoque, son « château horizontal », comme il l'appelle, à Saint-Vincent-sur-Jard.

— En Vendée, nous avons des lits parfois un peu étroits, les fleurs y poussent dans le sable, vous y verrez mon âne, et mon jardin que j'ai voulu comme une palette impressionniste. Souvent je parle à mes fleurs. Mon jardin est en plein désordre. Il n'y a pas d'allées, la belle affaire ! Et pourquoi pas une pelouse avec une boule de buis au milieu comme chez M. Poincaré.

Voilà ses obsessions qui le reprennent ! Il poursuit en évoquant son amour des oiseaux. Il s'énerve soudain contre « ces saloperies de chats qui les bouffent ». J'ai compris. Il a régulièrement besoin de se mettre en colère.

— J'aime les oiseaux parce qu'ils ont des ailes et qu'ils chantent. Certes. Il poursuit.

— Là-bas, on est au calme et j'interroge à ma façon crevettes et sardines, qui ne me répondent pas.

Il est parfois étrange. Soudainement, il change de registre et en arrive au but. Avec ses yeux perçants, il me glace et me touche à la fois. Sa voix est devenue plus douce, presque berçante, il toussote comme quand il est ému.

— Pardonnez-moi, madame, mais de qui portez-vous le deuil ?

Je lui raconte alors, le plus simplement possible, la mort d'Annette, ma si jolie et fragile Pauline-Anne, ma première, mon aînée. Sa tombe de jeune fille enflammée couverte de fleurs blanches à Saint-Dié. Morte à dix-sept ans, quelques mois avant son dix-huitième anniversaire. Un jour, en fin d'après-midi, elle est partie, a disparu pour toujours. Elle me manque tant. Je n'ai jamais pu revoir son corps. Fernand me l'a interdit. Il a voulu m'épargner cette ultime souffrance. Je ne l'ai plus jamais embrassée. Je ne lui ai pas dit adieu. Il me reste d'elle une chevalière à pierre bleue qu'elle aimait tant, un bracelet cerclé d'or que nous lui avions offert à un anniversaire. Avec sa montre, c'est tout ce qu'ils nous ont rendu. Nous l'avons cherchée trois semaines, son corps a été retrouvé dans la rivière.

Je lui confie nos espoirs de chaque jour pendant l'enquête, les nuits interminables à veiller. Ces pistes sans fin et surtout toujours vaines.

Enfin, cette longue procession, au son d'un violon, pour enterrer ma fille sous le regard des braves gens venus nous soutenir. Beaucoup de bonnes gens mais aussi d'autres, plus mal intentionnés. Ce dimanche 1er avril, il était 2 heures de l'après-midi. Une foule considérable nous accompagne sur notre chemin de deuil, vers le caveau en marbre noir du cimetière de la rive droite à Saint-Dié qui surplombe la ville. Je reconnais nombre de nos amis, mais aussi de simples voisins. Un soutien, bien sûr, mais aussi une épreuve que de croiser leurs regards. Je confie à Georges les ragots, les badauds, la presse. Les rumeurs et l'opprobre, ma peur du scandale, on a colporté tant de choses. Je lui confie mon enfer, ma solitude. Et les questions de mes enfants, que pouvais-je leur dire, qu'y avait-il à expliquer, à justifier ? Il y a aussi mon mariage qui commence à se déliter, ma culpabilité qui me rend irritable et impatiente avec eux, avec tous. Comment ai-je pu être si aveugle pour ne pas savoir l'écouter, ni être capable de ressentir sa peine ? J'étais sa mère et c'était mon aînée. Elle, si tempétueuse, si colérique parfois mais toujours pleine d'amour et de vie. Je lui dis aussi la difficulté et la nécessité de faire bonne figure. Fernand qui se renferme dans sa douleur, ils étaient si proches, elle et lui. Fernand qui m'en veut, s'éloigne et me fait des reproches. Depuis ce jour, il est toujours absent, même quand il est parmi nous. Sans se l'avouer, il a choisi de fuir, a toujours un prétexte, une conférence, un séminaire à l'étranger, pour voyager encore et toujours. Et puis il y a ce fardeau supplémentaire, faire face pour les frères et la sœur d'Annette, encore si petits. Jean âgé de quatorze ans, à l'époque, Pierre onze ans et ma petite dernière Marie-Claude qui vient d'avoir cinq ans.

Clemenceau marque une pause, laisse un long silence entre nous, je ne pleure même plus. Il respire, soupire fortement, plisse les yeux avec un étrange sourire qui n'est pas de gaieté mais qui s'apparente à une forme de bienveillance, un peu lasse. Je sais qu'il a compris. Et lui qui en a tant vu, a si souvent côtoyé le malheur, la mort, et fréquenté le désespoir, me répond d'une voix si peu habituée à être douce. Il sait, malgré tout, trouver les intonations d'une tendresse retenue.

— Je vais beaucoup penser à vous. Il faut reprendre le goût de la vie. Il faut lutter. Je vous aiderai. Vous avez bien fait, madame, de laisser déborder votre cœur au souvenir de votre perte irréparable. Où la mort a passé, ma pauvre enfant, le dernier mot est dit pour jamais. Vous ne devez pas, vous ne pouvez pas oublier. Il faut au contraire que la souffrance vous fasse l'aide d'un ressort pour vous redresser jusqu'à la fin des grands devoirs. Ne dites pas que vous n'avez pas su garder votre enfant... On ne garde jamais les enfants. L'égoïsme, source de toute vie, a bien vite fait de nous les enlever. Vous avez fait votre devoir. Ne vous faites pas d'absurdes reproches.

C'est alors qu'il me tend sa main. Jamais je ne l'oublierai.

— Madame, mettez votre main dans la mienne. Voilà. Je vous aiderai à vivre et vous m'aiderez à mourir. Tel est notre pacte. Embrassons-nous.

Je suis bouleversée. Qu'allons-nous devenir ?

Chapitre 5
La mort d'Annette

Et soudain c'est la nuit, une nuit
de trois semaines sous la bourrasque.

Journal de Fernand BALDENSPERGER

6 mars 1922. Un an plus tôt

Marguerite, mon épouse, m'a appelé de toute urgence, folle d'angoisse. Elle pouvait à peine parler. Annette n'est jamais rentrée à la maison, elle n'est pas revenue. J'ai tout de suite quitté notre maison d'été, Les Alouettes, pour rejoindre Strasbourg, où nous habitions. Je suis revenu, moi, dans le noir, dans le flou, vers chez nous. J'ai quitté aussitôt ce conseil de famille qui m'avait éloigné de notre domicile. J'ai retrouvé la maison dans un effroyable chaos. Que la route fut longue pour retrouver notre allée de la Robertsau ! Arrivé, j'ai tenté de comprendre, ou du moins de savoir ce qu'il était advenu de ma fille. J'ai essayé de rester calme et précis. C'était un lundi, chaque détail m'est resté en mémoire. Les hypothèses optimistes égrenées en chemin, Marguerite s'inquiète tellement vite, elle est parfois si nerveuse !

— Annette est partie vers 4 heures 30 pour se rendre chez des camarades de classe.

Je veux la rassurer :

— Comment était-elle ? Avait-elle l'air étrange, apeuré ? Qu'a-t-elle dit ?

Je n'obtiens que peu de réponses. Marguerite est prostrée. Ma fille, notre fille a quitté, me dit-on, la demeure de ses amies vers 5 h 50, elles se sont promis de se retrouver quelques jours plus tard. On ne l'a plus revue. Ses camarades racontent – le rapport de police le notera – « qu'elle ne fit montre à ce moment d'aucune préoccupation, nulle appréhension, acceptant même une invitation à déjeuner pour la fin de la semaine ». Marguerite est confuse, je ne lui en veux pas, les garçons sont agités, Marie-Claude, Dieu merci, est couchée. Nos amis arrivent vite à la maison, la rumeur de notre désarroi s'est répandue en quelques heures dans le quartier. Il est 9 heures du soir, « nous nous apprêtons à veiller toute la nuit, à guetter le moindre bruit de pas sur les trottoirs, de voitures qui peut-être s'arrêteront à notre porte, d'une sonnette sans doute hésitante qui va peut-être retentir ». Des rondes sont organisées. Rien. Chaque instant est une éternité, étant « chargé de vie ou de mort ». Il nous faut rassurer les enfants, inquiets de constater notre affolement, notre fébrilité. Leur grande sœur, supposée si sage et disciplinée, toujours disponible pour eux, n'est plus là. Impossible de mimer la tranquillité ou de simuler l'espérance. Comment être en mesure de les apaiser ? Marguerite refuse d'aller s'étendre.

Au petit matin, nous faisons « une morne tournée des commissariats de police ». Nos amis se joignent à nous, les autorités nous soutiennent mais rien, aucun indice. Juste l'angoisse qui nous broie l'âme et le cœur. Impossible de nous parler vraiment tous les deux, et pour nous dire quoi ? Nous partageons une douleur infinie sans pouvoir l'exprimer. Nous refaisons vingt fois le chemin qu'elle a dû emprunter, nous ne marchons plus vraiment, « nous ne sommes plus que des fantômes frissonnants qui errent dans la nuit strasbourgeoise ». Sur nos visages se mêlent « stupeur, effroi et parfois aussi une forme de rage ». En fait, « juste un père et une mère qui cherchent leur enfant ». Aucun repos, aucun répit possible, parfois un semblant de sommeil qui laisse à la bouche, le matin, une « âcreté sans nom ».

Annette est si jeune, si jolie, il fait si noir. La presse nous ménage encore un peu. Mais les plus folles histoires commencent déjà à essaimer. « Songez donc, une Parisienne qui est allée en Amérique et qu'on dit jolie, qui va sur ses dix-huit ans, qui suit des classes au lycée de filles et des cours au Conservatoire ! Quel butin de scandale ce serait qu'une fugue, un enlèvement, un piquant drame de famille ! Et comme la chronique des mauvaises gens ferait sa proie d'une disparition tournée en grande infamie, en honte. » Quel plaisir pour certains de pouvoir attaquer notre famille. Nous et notre « moralité mondaine ». Nous, qui n'avons jamais été des grenouilles de bénitier. Il y a ces ricanements polissons, ces allusions fielleuses auxquels il nous est impossible d'échapper.

Le samedi 11 mars, après un cauchemar de cinq jours, enfin une trace d'Annette. Je ne sais si l'on peut véritablement dire qu'il s'agit d'un léger espoir, plus sûrement d'un petit indice, ou sans doute d'un funeste présage. On vient de découvrir, dans les roseaux au bord de l'Ill, la rivière proche de la maison, son carnet de notes. « Cela ne veut rien dire ! », concluent les autorités. Nous emprunterons maintes fois, alors, le sentier fatal, le long de la berge, sans bien savoir pourquoi, faisant chacun des vœux pour qu'on la retrouve, bien sûr. Ou, sans nous l'avouer, pour que « notre enfant soit rendue par la rivière ». « Ces deux êtres frissonnants qui s'en vont par la nuit claire, d'un tiède jour de printemps, c'est une mère et un père qui recherchent leur enfant. » La police refuse de s'avouer vaincue et veut nous rassurer. La preuve, dit-elle, des recherches et des dragages dans la rivière ont eu lieu pendant toute la journée du dimanche à cet endroit, sans résultat. De plus, qui pourrait affirmer que ce calepin, dont le séjour dans l'eau n'a pas été très long, est la preuve d'une noyade accidentelle ou l'indice d'un crime ? « Une main étrangère a pu jeter cet objet au bord de l'eau dans le dessein d'égarer les recherches », commente L'Est Républicain. *Le journal,* L'Express de l'Est, *s'en fait l'écho quelques jours plus tard.* La Gazette vosgienne *est plus discrète, retenant l'information plusieurs jours au nom « d'un sentiment de discrétion, face à ce drame qui plonge toute une famille dans une terrible anxiété ». « Tout le monde fait semblant d'espérer. »*

Je cache certains détails à Marguerite, lui tais mon espoir qui faiblit. Nous envoyons Marie-Claude se réfugier à Paris chez ses grands-parents, il faut qu'elle parte d'ici. De cette maison rendue folle, devenue morte depuis qu'Annette a disparu. Je fais ce que je peux, à savoir rien. Je dois continuer à donner mes cours à l'université, il me faut bien tenter de vivre.

Et puis de nouvelles hypothèses sont avancées, destinées à masquer le néant de l'enquête, des supputations irraisonnées, ou pas ? Empoisonnée ? Kidnappée ? Un réseau de traite des Blanches ? Un crime ? Une crise d'amnésie ? On exhume alors des pistes improbables mais qui nous ramènent parfois, un peu, si peu, à la vie. La presse parisienne s'en empare, mais aussi plus loin, jusqu'à L'Écho d'Alger *qui commente à sa façon « la jeune fille intelligente et gracieuse paraît à tous ceux qui la connaissent incapable d'une fugue ».* L'Express de l'Est *extrapole : « l'idée d'un suicide semble écartée, car Mlle Baldensperger n'avait aucune raison apparente de mettre fin à ses jours ».*

Qu'en savent-ils vraiment ? Et moi, suis-je véritablement persuadé de connaître ma fille aussi bien ? Ses désespoirs et ses secrets, son intrépidité et cette intensité parfois presque inquiétante depuis l'enfance, comme si une fièvre secrète la consumait.

« Des cartomanciennes, des diseuses de bonne aventure, des voyantes aux yeux putrides, des médiums s'offrent à déchiffrer notre secret tenace. » Ce ne sont pas que de braves gens. À quoi bon prêter l'oreille à ces folles chimères ? Le signe astral d'Annette ? nous demande-t-on. Cancer, un signe d'eau ! À quoi bon ces spéculations ? C'est à devenir fou. Noyée, je ne veux, je ne peux véritablement y songer, même si le petit carnet d'Annette trouvé dans les roseaux nous obsède. Et puis, il y aura ces horreurs, un tas de lettres anonymes, ces demandes de rançon qui viennent de la région, et même de plus loin, jusqu'à ce courrier menaçant posté d'Angers. Notre notoriété attire la malfaisance, notre malheur aussi. Monsieur Barthou, alors garde des Sceaux, nous dépêche un de ses « supposés meilleurs limiers de la Sûreté générale, en fait, un enquêteur sans subtilité qui insinue des choses… Un flot de racontars infâmes. » Les garçons doivent continuer à aller à l'école, bravement, il leur faut entendre de « sinistres joyeusetés sur leur aînée », des comptines vulgaires chantées dans la cour de récréation sur la si jolie Annette dépeinte et désignée comme bien délurée. Nous devons les protéger.

Il nous faut tout tenter, pour conjurer le sort, et nous agripper à un reste de rationalité. Alors sur les conseils des enquêteurs désarçonnés, nous proposons dans les journaux une prime de 5 000 francs à toute personne pouvant fournir des indications susceptibles de nous aider à la retrouver. Avec, ce terrible portrait : « Taille 1 m 75, de corpulence mince, cheveux blonds, yeux bruns, fil d'or sur les dents supérieures (elle voulait tant par coquetterie corriger ce si léger défaut de ses dents, cette incisive en retrait). Portait un bracelet-montre plaqué or de marque "Elgin", une bague, etc. » Annette, sa grâce, ses cheveux de soie, sa douce beauté réduite à ce bref exposé. Ma petite chérie, résumée en quelques mensurations et bijoux. Ces mêmes détails, qui serviront pour son identification à la morgue. Nous passons notre vie à guetter, à attendre. À remercier aussi pour ces cierges brûlés par de bonnes gens à la cathédrale, pour cette messe, ces prières pour le retour ou la découverte du corps de « mon enfant blonde ». Mais est-elle encore une enfant ou déjà une femme ? Ai-je mesuré le temps qui passe, les possibles tourments de ses dix-sept ans ? Je n'ai pas su comprendre que « parfois la femme rêve dans l'enfant ».

Et ce matin du 31 mars – toutes les dates, toutes les heures sont figées pour l'éternité dans mon esprit –, c'est un coup de sonnette brutal à la porte. Marguerite en peignoir qui se rue dans le couloir vers l'entrée. Deux hommes me montrent quelques menus objets trouvés sur un petit cadavre, notamment cette « montre dont est muet le balancier ». Son corps si frêle a été arrêté par la herse d'une papeterie, à quelques kilomètres en aval, pas très loin du Rhin. Il faut éloigner les garçons. Sans ce misérable grillage qui a retenu sa délicate dépouille, « le fleuve aurait reçu son corps et l'aurait, pauvre Ophélie, enrobé dans ses flots et dans ses sables pour l'éternité ».

Nulle trace de blessure, aucune violence, nous dira-t-on, piètre consolation. Elle a séjourné vingt-cinq jours dans la froide rivière. « Et j'en suis là, à remercier en pleurant les gens du quartier parce qu'enfin ma fille est morte. »

Ce fut une forme de délivrance. Une certitude, peut-être préférable à cette longue attente. Ce fut surtout la fin de l'espoir. Tout est terminé, nous ne revivrons plus. Comment aider Marguerite ? Je suis désarmé. Je n'ai ni le courage, ni les mots pour la réconforter. Ce fut aussi le temps de la colère qui traduit l'incompréhension, et masque la culpabilité. Nul mot, nul signe, pas de lettre, aucune explication. Elle s'est volontairement noyée dans l'Ill. Quelle fut sa pensée en cette heure tragique, qu'a-t-elle ressenti ? A-t-elle pleuré ? A-t-elle regretté trop tard ? Nous a-t-elle appelés à l'aide, quand elle marchait vers l'eau noire et son destin ? Quel fut son désarroi ? « À quel secours absent s'accrocha son vertige ? » Elle, si intense, et qui détestait avant tout faire semblant. Cette envie innée de liberté, son impatience persistante, une exaltation inquiétante que l'on ressentait lorsqu'elle jouait Chopin, Liszt ou Schumann au piano. Déclamait Lamartine. Elle ne chantera plus.

Je n'avais jamais pensé à la fragilité des choses. Quel était ce secret qui l'a fait s'écarter des vivants ?

Bien longtemps après cette funeste journée, la vérité connue par Fernand et Marguerite, et eux seuls, sera révélée à la famille. Un secret conservé pendant si longtemps. Non par honte bourgeoise, par peur du scandale ou du qu'en-dira-t-on. En raison plutôt d'un sentiment de culpabilité infini. Avec la volonté peut-être de préserver la bonne tenue de la famille, la descendance, avec surtout l'impérieuse nécessité de se taire pour tenter d'oublier. Par une forme de pudeur protestante aussi. On ne dévoile pas ses états d'âme, on ne raconte pas sa vie, on n'expose pas sa douleur. La version officielle, dans la famille, évoquera, chaque fois qu'on y est obligé, une disparition mystérieuse, un drame familial, jamais explicité. On y pensera tout le temps, on en souffrira toujours, mais on n'en parlera jamais.

Annette s'est suicidée. Elle a mis fin à ses jours, à ses nuits, aussi. Jeune fille fantasque, paniquée de voir son secret révélé ? Ou sûre de son droit, voulant aller au bout de son amour contrarié quoi qu'en pensent la société ou sa famille ? A-t-elle préféré mourir plutôt que de renoncer ? A-t-elle craint que ses parents ne la condamnent ? Honte parce qu'à l'époque, les conventions, pour les femmes surtout, étaient sans appel ?

Il sera un jour révélé qu'elle était amoureuse d'un pasteur, marié, plus âgé. C'était sans doute, pour elle, une merveilleuse histoire d'amour. Pas pour ses parents, ni pour la société. Cela aurait été un scandale dans les Vosges. Nous sommes en 1922. A-t-elle redouté, plus que tout, le jugement de son père ? Était-elle enceinte ? On ne le saura jamais. Nulle autopsie, ni rapport de police n'ont été conservés de l'époque. Son amour l'avait-il abandonnée ? Juste des conjectures, aucune certitude. Elle a choisi, en forte tête, de se laisser glisser lentement dans la rivière. Elle était ainsi, ivre de romantisme, n'est-ce pas un trait de cet âge ?

Mais le plus terrible, pour Marguerite, c'est cette altercation, qu'elle confiera plus tard à son mari. Quand Annette quitte la maison, ce 6 mars, à 4 heures trente de l'après-midi, sa mère et elle viennent de se quereller, et le mot est bien faible. Que se sont-elles vraiment dit ? La jeune fille a-t-elle crié sa volonté de braver les convenances ? A-t-elle fait l'aveu d'une passion platonique, ou le récit d'une liaison assumée ? A-t-elle demandé pardon ? Un des frères cadets d'Annette, Jean, le plus âgé, le plus susceptible de comprendre le drame à l'époque, racontera bien des années plus tard à son fils. « Maman a dit à Annette, "je vais tout raconter à ton père", elle l'a même menacée d'un conseil de famille. Annette est partie en claquant la porte. Maman était très en colère. »

Peut-on la blâmer au regard de l'époque ? Ce sera la croix de Marguerite. Elle est la dernière à lui avoir parlé, à l'avoir condamnée. Elle aurait pu être la première à savoir pardonner. Elle aura toujours ce sentiment, qu'elle seule aurait pu interrompre le cours du destin. Fernand la comprendra sans doute, mais lui en voudra longtemps. Ses petits-enfants se souviennent encore que devenu veuf, âgé, lui si puritain, si protestant, si peu enclin à se laisser aller, se mettait toujours à pleurer quand on parlait d'Annette.

Des années plus tard, le reste de la famille découvrira qu'en secret de Marguerite, mais avec constance, et pendant presque quinze ans, Fernand écrivait des poèmes à Annette. Sorte de dialogue intime et déchirant avec la jeune disparue qui deviendra un recueil, *À l'enfant perdue*, publié après la mort de Marguerite.

C'est sous la plume de Fernand Baldenne, cet autre lui-même, non plus l'universitaire rigoriste, mais le père romantique et éploré, qu'il dévoilera son désarroi, confessera ses remords, décrira par-delà les conventions tout son amour et sa passion pour sa si jeune fille amoureuse. Il s'en veut de ne pas avoir été là :

> « Ignorais-tu, qu'une heure sonne
> Où, je ne sais par quelle loi
> Un père, bien mieux que personne,
> Perçoit ce palpitant émoi. »

Il se reprochera sans cesse de n'avoir ni voulu savoir, ni su remarquer son désespoir quotidien, ou ses regards qui flottaient au loin. Des poésies déchirantes, jamais affectées, qui tranchent tant avec l'image austère que son entourage a de lui. Le plus émouvant est qu'il n'y transparaît aucune condamnation puritaine, nulle incompréhension de la passion qu'elle a pu éprouver. Il ne fait que parler d'amour à Annette, sa si jolie enfant morte. Il y décrit ce qu'il ressentait pour elle, petite, puis adolescente, sans l'avoir exprimé. Comme si, le temps passant, il se retrouvait en elle. Il a alors la perception intime et presque fulgurante de ce qu'elle a pu vivre. Ce sentiment qui la consumait ne lui est, finalement, pas si étranger. Il a tant écrit, à sa façon, universitaire et clinique, sur le romantisme et l'amour fou. Il comprend sur le tard ce que le vivre veut dire.

Marguerite n'est jamais mentionnée dans ses poésies. Elle y figure seulement sous le nom de « la mère ». Il écrit seul, la nuit, dans ses chambres d'hôtel au gré de ses voyages et de ses conférences. Rio, Sarajevo, New York ou encore Cracovie. Seuls ces poèmes révèlent sa seconde nature, tendre et désespérée. Car quand il rédigera ses mémoires, les officielles, seules quelques pages reviendront sur le drame. Il n'y parlera presque jamais de lui, ni de sa famille. Un ouvrage dont le titre, *Une vie parmi d'autres*, illustre à lui seul la lassitude qu'il éprouve, la banalité volontairement affichée de son existence, le refus de toute envolée. Il ne veut pas s'épancher. C'est également le symptôme de son enfermement, de cette incapacité à se confier, à partager, au nom de la pudeur. Autant de sentiments retenus qui l'éloigneront de Marguerite.

Il fuira très souvent le foyer des Vosges. Marguerite et lui maintiendront la fiction d'une famille qui sait parfois se réunir, afin de protéger leurs enfants. Mais voilà bien longtemps qu'il est parti ailleurs, et pour toujours.

Et c'est ce secret que pour la première fois, et en n'omettant rien, Marguerite révélera à Georges Clemenceau. Ils ne seront alors que trois à le partager. Fernand, Marguerite et lui. « Je vous aiderai à vivre, vous m'aiderez à mourir. » Le pacte prend alors tout son sens.

Chapitre 6
Le Maître et Marguerite

L'identité fatale de l'amoureux n'est rien d'autre que : je suis celui qui attend.

Roland BARTHES,
Fragments d'un discours amoureux.

Georges et Marguerite s'écrivent plusieurs fois par jour quand ils ne peuvent se « visiter physiquement ». 668 lettres envoyées par le président à son « Bel oiseau », son « Écureuil volant » ou sa « Déesse fricassée dans la neige des Vosges ». Elle désire qu'il brûle les lettres qu'elle lui envoie presque chaque jour. Il s'acquitte quotidiennement de « l'autodafé » exigée. En sourit parfois, « vous finassez bien un peu, madame, lorsque vous me demandez comment je brûle mes papiers pour savoir si je les brûle vraiment ». Elle veut qu'aucune trace ne subsiste. C'est à ce prix, celui des convenances, qu'elle se sent libre, autorisée à correspondre avec lui, si souvent. Une tristesse pour Georges, qui, quand la poste est bienveillante et Marguerite en verve, garde ses lettres, pour sa fin de déjeuner, les décachette au dessert, puis s'enferme dans sa chambre comme un adolescent romantique, pour les savourer, et les relire en paix. Il aurait préféré pouvoir les conserver, les parcourir encore, les soirs de légère peine ou de petit désespoir. Mais il reste d'équerre. Plutôt « crever » que de s'avouer sentimental ou bouleversé. Elle, c'est sa réputation qui l'inquiète.

Ils ont bien vu, tous deux, ces quelques enveloppes décachetées à la vapeur, ou bien les traces de doigts boueux sur leurs missives. Bizarre. Mais il se moque bien, lui, de ce que l'on peut raconter. « Je les emmerde », grogne-t-il dans sa moustache. Ce n'est pas à son âge qu'on va le faire trembler. Marguerite, elle, ne plaisante pas avec la rumeur, elle a trop connu ça. Elle ne veut « aucune publicité prématurée à propos de leur étrange relation ». Elle a peur « des jalousies, des mesquineries, de ceux qui ne peuvent comprendre, et ne comprendraient pas une certaine qualité de sentiment ». Elle déteste le scandale, veut à tout prix protéger sa famille. Le président, lui, est bien moins méfiant qu'autrefois. Il avait alors cette obsession du secret, un impératif catégorique quand il était ministre de l'Intérieur, et président du Conseil, surtout pendant la guerre. Les espions étaient vraiment partout.

De cette époque, il a gardé l'habitude d'utiliser du sable de Vendée en guise de buvard, pour saupoudrer ses écrits, en absorber le surplus d'encre noire. « Les buvards sont bavards », se méfiait-il alors. Ils pouvaient, en miroir, trahir ses écrits confidentiels. C'était la guerre. Tout et tous devaient être suspectés, rien ne devait être négligé, quand il était le chef. Mais aujourd'hui, il est à l'abri des scandales. Il a bien constaté ne plus intéresser grand monde. Marguerite, elle, s'angoisse de ce qu'on peut raconter à Saint-Dié. Trois lettres reçues la même journée, dans les Vosges, mais que vont dire les gens ? Elle se souvient du flot de médisances quand on a retrouvé le corps d'Annette. Elle se veut aujourd'hui irréprochable aux yeux de tous. Et pour ne pas éveiller les soupçons, elle lui demande parfois d'adresser ses lettres chez un ami commun, Monsieur Haehl, redoutant l'étonnement du facteur, face à ce qu'elle nomme « ces curiosités postales ». Et, quand elle insiste, à cet effet, pour qu'il diminue de moitié le rythme de son courrier, Clemenceau s'emporte intérieurement. Mais lui, pourtant toujours intransigeant, se fait soudain conciliant. Il obtempère pour ne surtout pas la perdre ou la fâcher, par galanterie aussi, et en homme d'honneur. « Je ferai tout pour assurer la paix de votre vie. Quoi que vous décidiez, vous serez suivie. » Il est loin le temps où il se vantait de ne jamais abdiquer : « La chose que je déteste le plus au monde, c'est obéir », avait-il asséné naguère. L'amour et l'âge l'ont modéré.

Ce qui n'a pas changé, chez lui, en revanche, c'est son impatience : un jour sans lettre, un retard du courrier, il est insupporté et s'insurge. « Vous m'avez oublié », puis s'excuse au nom de l'inquiétude, justifie son accès de colère au nom d'un accident, qui aurait pu si vite arriver. Il l'a imaginée malade ou blessée ! Il recevra deux lettres le lendemain, qu'importe, il aura attendu, douté ! Il tient même parfois une comptabilité d'apothicaire. « Si vous ne m'aviez pas écrit le 26, vous me l'auriez dit le 27. Le fait demeure que le 28, il ne m'est rien arrivé de vous. »

Il est à l'affût de sa provision quotidienne de « petites billes noires » – Marguerite écrit tout en rondeur –, « sa nourriture alouettique », du nom de sa propriété dans les Vosges, seule susceptible de l'apaiser... Une adresse approximative sur l'enveloppe, qui retarde sa lecture, le voilà qui la sermonne. Il a failli attendre ! Un tout petit mot de travers, elle a droit à des remontrances : « (Je vous fais remarquer que les crevettes ne sont pas des poissons !) » C'est plus fort que lui, cette tendance à jouer au prof. Il l'assume. Il l'appellera d'ailleurs souvent « Élève Marguerite », qualifiant ses lettres d'excellentes, ou râlant parce qu'elle lui a envoyé une carte postale comme on le ferait à un vague cousin. Elle a osé lui faire parvenir des coupures de journaux, la réplique est cinglante et immédiate. Plus jamais ça !

Il ne désire que des lettres d'amour, pas des revues de presse ! Il lui accorde aussi de bons ou mauvais points, rectifie ses tournures. C'est une vieille manie, qu'il excuse au nom de son amour de la langue, même si Marguerite la manie fort bien. Il a toujours eu ce terrible travers de vouloir corriger tout, et tout le monde. Un jour, à l'Assemblée, Paul Deschanel (encore lui), s'adressant aux parlementaires, s'était écrié :

— Messieurs, il faut solutionner la question.

Clemenceau s'était aussitôt dressé sur ses ergots pour le ridiculiser en répondant :

— Très bien, nous allons nous en occupationner.

Il était alors connu comme le roi des interruptions de séance à la Chambre, le plus drôle aussi.

Il rugit également contre la poste. Il hait les dimanches, vocifère contre la Vierge et son 15 août, maudit les jours chômés. Ce sont des journées sans facteur, alors qu'il ne peut vivre sans ce qu'il appelle sa « postalité » quotidienne ! L'octogénaire amoureux devient alors fort capricieux. « J'écris en hâte parce que la religion et le socialisme sont incompatibles avec un fonctionnement régulier de la poste. » Les fonctionnaires sont encore une fois ses victimes désignées. Avec sa mauvaise foi coutumière, il raconte à Marguerite qu'en 1906, juste installé au ministère de l'Intérieur, trouvant souvent les bureaux vides, il avait fait apposer, dans toutes les pièces, une note de service lapidaire : « Messieurs les fonctionnaires sont priés de ne pas partir avant d'être arrivés. »

Mais s'il y a des reproches et quelques commentaires politiques dans ses lettres à la Belle Dame, comme il la nomme, il s'y trouve aussi de grandes envolées. « Je veux que ma survenue dans votre vie vous permette de vous voir plus grande et plus haute à travers tout. » Il est le roi des chutes enflammées. Il a beaucoup séduit, dans sa vie, écrit à bien des femmes, maîtrisé le madrigal, il le sait, et en joue. « Je suis à vous déraisonnablement. » « Je ne vous quitterai pas sans vous baiser le bout des griffes veloutées. » « Je vibre de jeunesse au métal argentin de votre voix. » Il célèbre sans cesse ses yeux d'or brunis, sa beauté, sa jeunesse. « J'essaie de vous aimer moins, je ne peux pas. » Il sait qu'elle ne peut qu'en frémir, il la voit en rougir... Ce qu'il a compris, depuis longtemps, en vieil amoureux patenté, c'est que personne ne parle plus ainsi à Madame Marguerite Baldensperger. En vérité, il pressent que même du temps de sa jeunesse, et tout au long de sa vie, elle ne doit jamais avoir reçu de tels compliments, de si brûlantes déclarations. Surtout pas de Fernand, et encore moins d'un autre !

Ses lettres à elle sont toujours bien plus prudes. Il le lui fait parfois remarquer, comme un peu déçu de ne pas être suffisamment adulé en retour. Il ne déteste rien autant que la tiédeur ou la demi-mesure. Il a la nostalgie des fureurs, de la fougue de ses jeunes maîtresses, chanteuses ou comédiennes, mais aussi des audaces de ces femmes du monde, qui naguère, elles, n'avaient pas froid aux yeux. Il est alors parfois injuste avec Marguerite, la voudrait toujours différente de ce qu'elle est. Et quand, comme condition à sa venue en Vendée, elle lui dit espérer le repos, il s'emporte encore : « Vous me réclamez une mer calme parce que vous êtes vieille, et qu'il vous faut de l'apaisement... Vous vous trompez d'adresse ! Ma raison d'être est d'enfanter des ouragans. » Il a conscience d'être coléreux, infernal, intolérant, parfois à la limite du supportable, il s'en moque... Mais s'excuse dès le courrier suivant. Il veut être adoré, et en avoir des preuves, on ne le changera pas à son âge.

Peut-être est-ce le souvenir de Sophie-Emma, sa mère chérie qui le vénérait et pour laquelle il avait une indicible passion. Elle achevait ses lettres par cette formule : « Adieu, mon cher fils bien-aimé. Celle qui sait le mieux t'aimer, ici-bas. » Les « autres » n'étaient, forcément, jamais à la hauteur. Contrairement aux usages de l'époque, elle ne l'avait pas « délégué » à une nourrice, pas placé en pension. Il était resté auprès d'elle jusqu'à ses dix ans. Mère et institutrice en même temps, elle avait appris le latin pour pouvoir le lui enseigner, en le gardant dans ses jupons. Elle lui a toujours envoyé de l'argent, souvent dans le dos de son père, quand, jeune, il était en difficulté, et c'était fort fréquent. Il a déjà bien plus de vingt ans quand il revendique, après quelques soucis, avoir aimé, de retour dans son pays natal, « s'abriter sous l'aile maternelle, et être repassé à l'état de poussin nouvellement sorti de sa coque ». Pas franchement conforme à ce qu'on imagine de lui. Une passion filiale et maternelle dont il gardera la nostalgie, toute sa vie : celle d'un amour sans réserve. Il va jusqu'à se souvenir – comme un reproche aux « autres » – qu'elle n'était toujours vêtue que d'une robe à 15 francs, pour que « les siens eussent le nécessaire et le superflu ». Et d'ailleurs, conclut-il, sentencieux, « ma pauvre mère avait peut-être deux robes et qui lui tombaient jusqu'aux pieds, ce qui ne l'a pas empêchée d'élever convenablement six enfants, pas comme ces Parisiennes d'aujourd'hui qui sont bien rigolotes, elles ont maintenant des jupes qui leur viennent au-dessus du genou, et elles en changent quatre fois par jour ». Il est bien rétrograde, érigeant sa mère en modèle. Il aura la chance de la garder vivante longtemps. Quand elle partira, il aura soixante-deux ans. Depuis toujours, il regarde son portrait, chaque soir, quand il regagne sa chambre, rue Franklin.

Mais en vérité, il n'a jamais vraiment eu à se plaindre des femmes, car malgré sa rudesse et son léger mépris pour le sexe dit faible, on l'a toujours aimé. Du temps de sa splendeur, il sortait tous les soirs en habit de fête, gilet blanc le haut-de-forme incliné sur l'oreille, et une fleur à la boutonnière. Ses amours, ses conquêtes défrayaient la chronique. La presse s'en faisait souvent l'écho. On disait alors de lui qu'il avait le diable au corps. Léon Daudet, témoin de sa vie agitée, observait : « Certaines femmes le trouvaient, les unes, laid et mongoloïde mais promettant des sensations vives, les autres, beau de prestance... Il se tenait très droit. Avec cela beaucoup d'esprit, du plus caustique au plus imprévu. » Il avait du succès, ne passait jamais inaperçu, a su en profiter. On lui a prêté nombre de liaisons... L'avoir eu pour amant était à l'époque un privilège, une forme de distinction. Une réputation probablement exagérée. « Ma modeste personne donne facilement lieu à des fables », se rengorgeait-il alors, en souriant.

Mais tout cela est fini. Et il en reste mélancolique. Pourtant, même vieux, bien souvent fatigué, il ne veut pas capituler. Pourquoi se contenter, aujourd'hui, de sentiments en demi-teinte, d'ardeurs mesurées, de temps compté ? Marguerite est l'objet de sa flamme. Il l'a décidé, elle devra être à sa hauteur. Même si, au soir de sa vie, il s'avoue parfois battu, comme quand il confesse savoir « ressembler à un enfant qui tend un fil d'araignée pour arrêter une lionne au passage ». Il n'est dupe de rien, mais tente jusqu'au bout de l'entraîner dans ses dernières extravagances.

Alors, pour que la réalité se plie à ses désirs, il affecte avec volontarisme d'oublier son âge, veut faire le jeune homme en lui taisant ses soucis de santé. Elle lui envoie des chocolats, il lui rappelle à peine qu'il souffre de diabète, lui cache ses insomnies, n'insiste que sur les bonnes nouvelles. Cette année-là, il a décrété « avoir l'intention formelle d'être aussi peu malade que possible et d'enterrer ses médecins ». Il lui annonce que quand elle viendra le voir – ce qu'il attend sans cesse –, elle découvrira un « vieux canasson qui fait le pur-sang ». « Je suis tout en feuilles desséchées, mais les racines ne sont pas encore coupées », insiste-t-il. Il lui cache ses misères, sa vieillesse, son délabrement redoutés. Ce sont pourtant ses obsessions, mais il a choisi de les garder pour lui.

Même s'il en joue. Il demande à Marguerite de se « hâter de lui donner l'adresse d'un institut de beauté », la prie, quand ils se retrouveront, de l'accueillir par un « Oh, comme vous avez rajeuni ! » Il a tant envie d'être amoureux, et désiré une ultime fois. C'est pour cela qu'il s'insupporte, pour changer, quand elle le materne, s'inquiète pour ses poumons, sa toux ou son sommeil. « Lorsque je vous ai bien expliqué que si je me suis mouché à 3 h 25, c'est que j'avais éternué à 3 h 24, je me sens soulagé d'un grand poids », ironise-t-il. Il ne veut pas d'une garde-malade, ni d'une infirmière à son chevet.

Il déteste également être noyé dans le flot des amitiés de Marguerite, ou de ses relations. Ses ordres sont formels : « Je ne veux pas être dans le tas. » Il veut être l'unique, le suprême, le distingué à ses yeux comme au regard du monde. Monsieur Clemenceau est possessif, il exige l'exclusivité. Le moindre babillage mondain de Marguerite, et le voilà exaspéré. Elle a beaucoup de « connaissances », c'est son droit, mais son devoir sera de lui en parler le moins possible. Il veut qu'elle aille à l'essentiel, et l'essentiel, c'est bien évidemment lui. Il le sait, son temps presse. Il y a un peu de désespoir dans cette lutte contre les semaines, les mois qui s'écoulent. « Nous avons cent vingt-six ans à nous deux, mais si inégalement répartis. » Il déteste les anniversaires, signe éclatant des années révolues, du temps passé, du peu d'avenir restant. « Si mes parents avaient eu quelque souci de moi, ils ne m'auraient point donné d'anniversaire. » Donc il se plaint d'avoir reçu un tas de lettres pour son « centenaire » (en fait ses quatre-vingt-quatre ans), courrier qu'il n'a pas eu, dit-il, le courage de décacheter. Comme pour excuser son impatience, justifier sa jalousie, il lui écrit : « Avez-vous songé que vous avez à vivre plus d'années que je n'ai de semaines ? » Et pourtant, pendant plus de six années, ils vont s'écrire, s'épauler, s'agacer, se retrouver, tous les deux, dans sa maison de Vendée, ou rue Franklin. Il se sentira « refleurir, moi, vieux chardon desséché ». Tout en vociférant souvent contre elle – l'indulgence n'a jamais été sa vertu première –, ouvertement ou en secret. Mais il lui passera tout ou presque.

Ces quarante années qui les séparent, ils réussiront parfois à les oublier. Ils vont s'aimer, chacun à sa façon. La sage Marguerite évoque alors « un sentiment qui va transformer sa vie ». Elle puisera dans l'amour de Clemenceau une force vive et quotidienne. Il saura la faire rire, la griser, lui insuffler un peu de la fantaisie qu'elle a perdue. Et il est si célèbre ! Elle cédera parfois à ses caprices, le grondera aussi pour ses folies mal tempérées. Il exige beaucoup, lui si peu raisonnable, elle tant. Elle sera son dernier feu. Il ne veut rien en perdre. Marguerite le sait, mais restera souvent en deçà. Elle le modérera, quitte à le décevoir. Elle se sentira parfois incomprise, et s'en plaindra. Mais pas question pour lui d'accepter de se lamenter à ses côtés. Il a l'introspection en horreur, affiche son plus grand mépris pour la psychanalyse, ainsi que pour toute forme d'introspection psychologisante. Sa carapace et sa solidité sont sûrement à ce prix. D'ailleurs pour lui, cela n'est pas de la science, juste une forme de complaisance, qui sied si bien à cette époque, qu'il juge ramollie. Freud est son contemporain, mais il ne veut pas en entendre parler, alors qu'il se passionne et guette toutes les avancées des recherches en physique, en chimie. Les découvertes sur l'atome, les expériences de Marie Curie, les travaux d'Einstein, il voudra les comprendre. Pour rester dans son temps, bien sûr, mais aussi parce que cet athée militant cherche dans les sciences la réponse aux mystères de l'univers. « Je me suis mis à considérer la question de l'espace et du temps chez Einstein... »

Il écrira ces mots quelques semaines avant sa mort, épuisé mais avide de savoir.

Elle n'aura pas toujours, sur ses sujets, le répondant qu'il attend, il le lui fera savoir. Elle se laissera tyranniser avec abnégation et presque avec plaisir, il n'est pas donné à toutes les femmes d'être aimées par une icône.

Ce qu'il s'obstine à ne pas comprendre, c'est qu'il a la chance d'être un homme et d'être libre ! Marguerite restera, elle, toujours de son époque et de son milieu. Elle se doit de maintenir, presque seule, une vie structurée pour ses enfants. Peut-être a-t-elle aussi un goût trop prononcé pour les attraits d'une vie bourgeoise ?

Il se projette tellement en elle qu'il voudra qu'elle écrive un livre. « Vous me demandez un livre, je vous en demande un. » Ils trouveront même, tous deux, un nom de plume, à la future écrivaine « Marie Berry », le nom de jeune fille de sa mère, pour qu'elle puisse ainsi s'affranchir de son identité maritale, s'émanciper de son quotidien ménager, de sa vie qu'il juge si petite. « Je ne veux pouvoir penser de vous que le plus grand bien qui se puisse concevoir. » Il croit ainsi la conforter. Elle va tenter d'être à la hauteur espérée. Elle commencera à écrire, échouera, tentera de nouveau, en vain. Il sera alors fort cruel : « Si Shakespeare avait vécu comme vous, il n'aurait pu écrire *Hamlet*. » Elle abdique. Écrire, elle n'en a ni la force, ni le courage, peut-être pas non plus le talent. Elle aurait tant voulu y parvenir. Bien sûr pour lui plaire, mais pourquoi pas, pour être elle aussi un peu reconnue, ou même admirée ? Elle n'y parvient pas. Est-ce sa faute ? Elle a été si bien dressée, tant muselée. Elle se justifiera, il ne comprendra pas. Ils n'en parleront plus, ou presque.

Malgré les griefs, les sermons de Georges, elle va tenir. Elle ne sait plus, parfois, qui elle est véritablement, celle qu'il espère voir en elle ou celle qui l'habite vraiment. Elle aura, malgré tout, le courage et la persévérance de transgresser les règles de son monde. Clemenceau lui fait l'honneur de l'aimer, il sera le dernier, elle le sait, à avoir envie de la courtiser. Il ne pourrait la désirer, se dit-elle, si elle ne valait vraiment rien. « Je veux qu'il y ait du nerf », a-t-il décrété. Il faut dire qu'il croit toujours voir du « mou » partout. Comment lui résister ?

Alors, au mépris de bien des conventions, elle répondra à cet appel. À sa façon.

Chapitre 7
Un amoureux impatient

On me dit d'attendre les beaux jours,
mais les beaux jours m'attendront-ils ?

Georges CLEMENCEAU

Journal de Marguerite

C'est vrai que je revis grâce à lui, mais ces lettres, toutes ces visites, est-ce bien raisonnable ? Il est si pressé. Il dit trouver, cette année, les mois d'une longueur désespérante. Mais pourquoi vouloir, à ce point, brûler les étapes ? Il y a d'abord le respect que je dois à Fernand. C'est vrai que j'ai le rare privilège d'avoir un mari compréhensif. Sa « compréhension » est peut-être une facilité, lui permettant de s'éloigner toujours, de voyager sans cesse, pour me fuir moi, nous, et notre malheur. Il le peut, puisque je reste. Moi, je n'ai pas l'opportunité de partir, de m'évader, ou si rarement. Vivre ma vie ne fait pas partie des options qui me sont proposées. En fait, le destin ne m'a jamais laissé aucun choix.

J'ai aimé Fernand. J'aime Georges, mais de façon bien trop raisonnable pour lui. Je sais aussi n'être plus faite pour « l'infini des rêveries, ni pour cette forme d'absolu » qu'il réclame. J'ai trop vécu, trop souffert. Je n'ai plus l'âge d'affronter toutes ces renaissances qu'il se vante d'avoir toujours su pratiquer. Ou peut-être est-ce ce que je me raconte à moi-même, pour excuser ma prudence, ma lâcheté ? « S'élancer follement au-delà de soi-même est peut-être moins fou que de se racornir en deçà », m'écrit-il. Voilà qui est bien injuste. Moi, racornie ! Il a parfois une drôle de façon de courtiser les femmes. Il a toujours brusqué son entourage, je commence à comprendre d'où lui vient sa terrible réputation. Georges a eu l'autre jour un assaut de lucidité le concernant : « J'admets avoir parfois quelques rudesses dans mes procédés. » Il est toujours intense. Moi, il m'accuse de « tatillonner ». Il m'a confié, presque en s'en excusant, « J'avoue que j'ai été rêveur et fantasque, comme tous les gens dont le système nerveux est un peu trop excitable et excité. » Fantasque ! Par le passé ! C'est une vue de l'esprit ! Je crois qu'il est encore pire que du temps de sa jeunesse. « Mon pouls est faible, je suis hypotendu », minaude-t-il. Cela ne saute pas aux yeux, il s'agite sans cesse. Moi aussi, je suis hypotendue, mais cela me rend molle et triste. « Les dieux, madame, vivaient de nectar et d'ambroisie, pourquoi nous alimenter de panade et de soupe au chou ? » Ce doit être moi, la panade, à moins que je ne sois la soupe au chou. Quelle délicieuse métaphore ! Sa galanterie a dû connaître une sérieuse éclipse, il m'en a fait pleurer. Et puis à quoi bon s'énerver le lundi, critiquer avec virulence « ma petite écriture crispée » le mardi, si c'est pour s'excuser mille fois le jour suivant, et me couvrir de fleurs. « Je suis à vos pieds, à vous de savoir s'il vous plaît de m'y garder. » Je n'ai pas besoin que l'on soit à mes pieds (même si je dois avouer que cela ne m'est pas désagréable venant de lui), mais je préférerais de la constance et moins de sautes d'humeur.

Pendant la guerre, on a glorifié ses excès. Ses colères sont restées célèbres. Il doit en être arrivé à croire que ce ne sont que des qualités. Il a probablement aussi un comportement, une manière d'être qui tient à son hérédité. Ils sont souvent violents et bizarres dans cette famille. Il m'a raconté, quand je suis allée le visiter, la première fois en Vendée, qu'enfant, il ne voyait pas beaucoup son père. « Il ne fichait rien, et comme tous les hommes qui ne fichent rien, il était fort occupé. Mais, quand il était là, je ne l'ai jamais vu que dans un seul état, la colère. » Georges en vibrait d'extase. « Je suis né d'un père idéologue qui avait le culte de la révolution. » Quand il était petit, à L'Aubraie, dans le manoir des Clemenceau, il y avait, paraît-il, « un buste de Robespierre, un portrait de Saint-Just, des représentations de tous ces phénomènes révolutionnaires dans tous les coins ».

Son père Benjamin, un athée militant, lui disait que c'était ses dieux à lui. Il ne parlait que littérature et politique, de longs monologues, chaque soir au dîner. Il était alors conseillé d'adhérer pleinement à ses diatribes, de ne pas avoir un mot plus haut que l'autre. Car, quand on contrariait le maître de maison, Benjamin brisait la vaisselle, fracassait les soupières.

J'ai aussi fini par savoir ce qui était arrivé à sa jeune sœur Sophie, celle qu'il trouvait entêtée comme une petite mule, quand elle était enfant, et dont il appréciait l'originalité. Rentrant chez elle, un soir, et découvrant son mari Ferdinand fort occupé avec une femme de chambre, elle le tua d'un coup de revolver. Elle avait trente-huit ans. Il est donc prouvé que les Clemenceau ont du caractère ! Jusqu'à Madeleine, sa fille aînée, qui est devenue mon amie. Son mari Numa Jacquemaire de vingt ans son aîné, l'ayant découverte avec son amant, alors qu'il rentrait prématurément d'une chasse à Lamotte-Beuvron, se suicida sous leurs yeux, d'une balle en pleine bouche. Elle avait trente-deux ans. Cela ne semble pas l'avoir affectée à vie, elle est depuis toujours joyeuse et fort légère. Elle doit avoir les nerfs solides. Je ne peux en dire autant. Ils sont tous bien étranges, dans cette famille, comme un peu dérangés.

Dans ma famille, nous n'avions pas les mêmes adorations révolutionnaires. Nous sommes plutôt dans la maîtrise, la tempérance et l'intériorité. Peut-être trop. Chez nous, il n'y a jamais eu de scandales.

Il ne me laisse guère le choix, je dois, dit-il, le supporter dans ses ronchonneries et friser l'extase face à ses excès. En fait, c'est un peu le cas, je lui passe tout ou presque. Et, il faut bien que je me l'avoue, je me damnerais ou presque pour certaines de ses formules : « Il pleut, trop aimable bergère, sur la laine défrisée de votre sinistre mouton. » Il est le seul piquant de ma placide existence. Qui d'autre m'écrirait ainsi ? Je sais ne pas être capable d'égaler son sens de la formule.

Je lui ai avoué, imprudemment, il y a quelques jours, trouver bien souvent ma vie aux Alouettes sans saveur. Je suis peut-être une mauvaise mère, une bien piètre épouse. C'est ce qu'il attendait, il en a profité. J'ai dû un peu trop m'enflammer, et pour une fois, il a semblé trouver que j'étais à sa hauteur de sentiment. « Si vous étiez sage, vous ne m'écririez pas d'aussi jolies choses, j'opte donc pour la folie ! »

Que dirait Fernand s'il découvrait ces lettres ? Probablement n'en penserait-il rien. Il ne me voit plus. Il ne fait que passer. Saint-Dié est pour lui une escale passagère entre deux voyages. Je sais que Georges et lui se voient souvent à Paris. Ils en semblent enchantés. Fernand le trouve primesautier, loue ses qualités de « lecteur infatigable ». Georges lui demande sans cesse des avis littéraires. Ils pérorent entre hommes cultivés. C'est parfois un peu gênant pour moi. Nous formons une bien étrange famille !

J'ai eu la faiblesse de raconter à Clemenceau que, lors de ses rares visites dans les Vosges, Fernand a la manie persistante de couper des branches et des arbres à Saint-Dié. C'est presque devenu une obsession, comme un rituel. Officiellement, pour laisser passer la clarté du jour, en vérité, je ne suis pas dupe, c'est pour se défouler. Depuis, c'est devenu un des sujets préférés de Georges. Il ne rate pas une occasion de s'en moquer. Lui qui vénère les forêts, révère le plus petit arbuste, et déteste les mises à mort, qu'elles soient humaines, animales ou même végétales. Alors, il me propose de faire parvenir à mon mari des arbres morts de Vendée, pour qu'il ait ainsi son dû. Me précise que si Fernand vient le voir à Paris, il est prié de laisser sa hache à Saint-Dié. J'ai bien vu l'ironie. J'ai bien senti que, moi aussi, je l'agace parfois.

Pourquoi autrement me reprocher d'être un « curieux mélange de profondeur et de volatilité » ? Cette volatilité qu'il lit dans la fréquentation de mes amis, la supervision des courses et de mon ménage, ou même dans mon devoir de mère. Il ne veut que de la hauteur, pas d'intendance. Il est toujours « au-dessus de tout ». Parfois, en fait, il est surtout à côté des choses de la vie. Cela dit, j'ai sans doute eu tort de lui demander de m'aider à trouver une cuisinière… Ce n'était pas de son niveau, même s'il me dit avoir prospecté afin de me satisfaire. Pas malin non plus de lui avoir fait porter des fleurs, l'autre jour, rue Franklin. J'étais pourtant de bonne volonté. « Venant d'une femme, à un homme, c'est la forme la plus ridicule du remerciement », m'a-t-il répondu. On ne m'y reprendra pas.

Je crois qu'il ne lui déplairait pas que je m'enterre, pour avoir comme unique horizon notre correspondance et nos rencontres. Je ne le peux, ne le dois pas. Il y va de l'avenir de mes enfants et de ce qui nous reste de bonheur familial. D'ailleurs, lui-même, quand il est en Vendée, oublie de préciser qu'il reçoit sans cesse des ministres, anciens et nouveaux, des ex-membres de son cabinet. Il sait se distraire. Il s'est fait projeter Ben Hur, *film muet avec Ramon Novarro, qu'il a adoré. Toujours en nuances, il en a conclu qu'il ne voyait pas en quoi le son apporterait quelque chose au cinéma. Il faut dire, bien que je l'adore, qu'il est franchement sourd. Je sais bien aussi qu'il reçoit ses anciennes belles amies, ses vieilles relations du temps de sa jeunesse. Mais quand il s'agit de lui, bien sûr, ce n'est pas de la volatilité, c'est juste son bon plaisir ! « Je suis un peu effrayé du nombre incalculable d'oncles et de grands-pères et de forestiers qui se rencontrent sur les marches de votre escalier », ose-t-il m'écrire.*

Mais que lui raconter d'autre ? Je ne sais pas poétiser, je n'ai que mon quotidien. Ma vie est, a toujours été, plus banale, moins excitante que la sienne. Je comprends. Il est si « important ». Mais il ne peut s'empêcher de me reprocher « toutes mes miraculeuses amies qui me surgissent tout comme d'une trappe partout autour de moi ». Et il ajoute : « Moi, je n'ai ni vingt-sept personnes, ni onze enfants à ma table de thé… » Quelle mauvaise foi ! Lui, c'est à sa table de déjeuner qu'on se bouscule, autour de son poulet Soubise et de la sole au beurre de Clotilde, sa cuisinière. Il reste très discret sur ses mondanités. Il ose même affirmer : « Je ne dîne que d'un petit potage et d'une grande colère. » Comme d'habitude, une version tout à son avantage. Ce n'est pas exactement ce que j'ai pu constater en Vendée !

Passons sur les menus, mais il a de ces façons de réécrire l'histoire quand ça l'arrange. Et cette obstination à vouloir qu'on se plie toujours à ses quatre volontés ! Il faut, vous devez, vous ne devriez pas, faites, soyez, n'acceptez pas, cessez, reprenez-vous sont ses impératifs quotidiens, officiellement pour mon bien mais toujours avec ce ton de caserne. Être si jaloux, et tyran, à cet âge ! Il a sa liberté, j'ai mes obligations. Et pourtant, je lui écris chaque jour, demande souvent à Pierre, mon fils, de prendre son vélo pour arriver en trombe avant la levée de la poste. Pourtant, aussi furieux et querelleur soit-il, il a de telles attentions pour mes enfants. Il s'inquiète de la santé de Marie-Claude, qui manque d'iode, « la sapinose, pas étonnant ! », dit-il – car il ne peut s'empêcher de critiquer les Vosges. Il préconise, c'est officiellement le médecin qui parle, de nombreuses semaines en Vendée, à l'air marin, pour lutter contre le mal des montagnes. Je sais que c'est aussi et surtout parce qu'il veut me voir, le plus longtemps possible.

Être désirée n'est plus courant à mon âge. Je guette ses lettres. J'ai du mal à bouder, et s'il arrêtait de m'écrire ? Je n'y survivrais pas. Et puis, c'est un détail qui ne changera rien à notre rencontre, mais il adore danser ! Il voudrait, dit-il, valser avec moi, car il trouve le tango obscène, de ce qu'il en a vu en Argentine. La danse, m'a-t-il dit l'autre jour, est une des plus spontanées des joies humaines, une note d'humanité. Comprendrait-il, sans que je le lui aie dit, que j'ai tant aimé valser, que tout cela est, à mon grand désespoir, bien fini ? Sentirait-il mes désirs ? Ces envies de danser une dernière fois encore, la possibilité brève de rêver, quels que soient les bras qui m'enserrent. Je l'imagine pourtant mal tournoyer en trois temps. Lui a rêvé sa vie avant de la vivre. Moi, je pratique la mienne en la subissant. Et pourtant, il fait souvent des efforts, pour m'égayer, demande à Marie-Claude, ma fille, « la petite princesse », « d'apporter sa poupée quand elle viendra, parce qu'il dit ne plus en avoir chez lui ». Il a envoyé à mon fils Pierre des timbres de Chine et d'Uruguay. Je crois savoir qu'il n'a pas eu les mêmes attentions avec sa propre descendance même si, aujourd'hui, il tente de se rattraper. Il a parfois de sacrées inventions qui me font oublier le reste : « Si votre jeune fils avait besoin d'apprendre l'esquimau, j'irais lui chercher des phoques au pôle Nord pour les leçons de Berlitz. » Je n'ai définitivement pas son talent, il y a bien souvent de la platitude dans mes lettres même si je m'applique du mieux qu'il m'est possible. « Je vous prodigue mes grâces, vous me harpagonez les vôtres », conclut-il.

Lui me promet des homards qui dansent sur la grève, des poissons merveilleux, des loubines, quand je viendrai à Belébat. Je regarde donc dans le dictionnaire pour apprendre que les loubines sont des bars, chez eux, en Vendée. Et il veut me distraire : « Nous irons chercher soles et homards tous les deux, je vais toujours chercher du poisson frais, sauf quand je reçois des parlementaires. » Toujours ce mauvais esprit. Il se fait rire lui-même. Je vais aller le voir bientôt. Il s'impatiente. « Nous n'avons pas de crime à dissimuler », m'écrit-il. C'est vrai, mais en province, et en tout cas ici, il faut se méfier des rumeurs, quelle que soit la réalité. Mais d'ailleurs, lui aussi est bien précautionneux. Je suis devenue amie avec sa fille Madeleine, de dix ans mon aînée. Elle m'a rendu visite aux Alouettes. Il m'a bien conseillé d'être prudente avec celle qu'il appelle la rusée. « Soyez charmante, mais ne vous livrez pas ! » À cinquante-trois ans, Madeleine lui a même fait une crise de jalousie. « Tu trouves bien le temps d'écrire tous les jours à une autre. » La craindrait-il ? Il a pourtant été toujours présent pour ses filles, c'est du moins ce qu'elles m'ont raconté en riant. Lors de la grande crue de 1910, à Paris quand leur arrondissement était sous les eaux, il était arrivé en canot, rue Roquépine non loin des Champs-Élysées, accompagné d'un marin galonné en uniforme bleu, pour leur livrer sacs de farine, sucre et autres provisions. À la proue de la petite embarcation, il avait pris un air impérial, les voisins avaient applaudi.

Il est souvent théâtral, toujours excessif mais, au moins, je ne m'ennuie jamais avec lui. Il est plein de contradictions, souvent ombrageux, mais il me donne l'envie de me lever le matin. Voilà bien longtemps que cela ne m'arrivait plus.

Chapitre 8
L'ami de la famille

Vous nous avez rendu notre fille.

Alfred, père de Marguerite.

Journal de Marguerite

Je sais que mon père et toute ma famille l'ont compris. J'ai besoin de lui, parfois sans doute plus que lui de moi. Nous formons peut-être un étrange couple mais personne dans mon entourage n'y trouve à redire, au contraire. Mes enfants l'appellent Oncle Georges, les siens considèrent que je fais partie de leur premier cercle, même s'ils jalousent parfois notre intimité et sont intrigués par nos longs tête-à-tête en Vendée. Et puis, même si cela peut sembler étrange, le président est devenu l'ami de toute ma famille. Alfred, mon père, a dit à Georges, l'autre jour au déjeuner :

— Monsieur le président, je ne vous serai jamais assez reconnaissant de nous avoir rendu ma fille.

Il pensait à Annette, et à mon désespoir. Papa lui pardonne toutes ses humeurs et m'incite vivement à en faire de même. Il m'a rappelé, comme pour l'excuser, les propos de Gambetta à son égard : « Il a des qualités, mais dépasse tout en mesure. Il se fait chaque jour des ennemis. »

— Gambetta avait raison, dit Papa, mais c'est grâce à son terrible caractère que nous avons gagné la guerre. Cela justifie tout. Et puis, ma chère enfant, il est ainsi fait !

Je me tais, je n'ai pas besoin de mon père pour savoir tout lui passer. Je me souviens pourtant qu'alors que nous ne le connaissions que de réputation, Clemenceau avait souvent choqué Fernand et la famille. Quand il avait surnommé Gambetta « Gros Bêta », il y avait de la réprobation dans l'air, à la maison. Il y avait eu aussi ses longues diatribes contre Félix Faure qui étaient mal passées chez nous. Fernand, qui a toujours été un peu légitimiste, avait à l'époque froncé le sourcil, signe chez lui d'une intense réprobation. Félix Faure n'était pas encore président de la République mais déjà l'ennemi de Clemenceau, un de plus. Dans un éditorial, Georges l'avait traité de « pauvre cervelle bouffie de vanité bourgeoise ». Et le pire de tout, c'est qu'à la mort de Félix Faure, à l'Élysée, dans les bras de sa maîtresse (Georges goguenard sait aujourd'hui être intarissable sur cet épisode), le Clemenceau politicien avait encore osé : « En entrant dans le néant, il a dû se sentir chez lui. » Quand même, avait-on dit dans ma famille, il pourrait respecter les morts ! Mais maintenant qu'il a rencontré Georges, Fernand déclame, magnanime : « Il rachète aujourd'hui, avec une admirable abnégation, ce qu'il y a eu d'inconsidéré dans certains épisodes de sa première existence politique. » C'est bien Fernand, cette façon alambiquée de dire que désormais, il lui pardonne tout. Ne se parlent-ils pas aujourd'hui en toute égalité, à hauteur d'homme ?

Chez nous, Georges a le statut de « monument ». Mes parents ne l'appellent plus que « notre grand patriote ». En conséquence, je dois, maintenant, le partager avec eux. Ce qui m'agace grandement. Ils sont tous un peu aveuglés, tellement flattés de l'accueillir à leur table, et veulent croire qu'avec le temps, le président s'est assagi – « Tous ces propos, c'était il y a vingt-cinq ans ! », entonnent-ils en chœur. « Il n'est plus journaliste, il est tellement au-dessus de tous ces politiciens. » Et bien sûr, « notre Georges » roucoule face à cette assemblée, toute à sa dévotion, en extase dès qu'il ouvre la bouche. Avec mon père, il parle sans cesse politique, ce qu'il ne fait jamais avec moi. Je ne dois pas être au niveau, puisque je reste une femme. L'autre jour, pour le dessert, Maman a commandé des pêches pochées à la cuisinière (elle connaît tout de son régime de diabétique, et serait capable de se nourrir exclusivement d'avoine pour lui faire plaisir). Il lui en a fait compliment, elle en a rosi de plaisir…

Hier, nous sommes encore allés déjeuner chez eux – et quel déjeuner, du grand art ! Tout se passait comme un dimanche des plus banals, nous étions tous occupés à digérer les perdreaux au chou, et voilà soudainement que Clemenceau s'emporte, alors qu'on ne l'avait nullement accusé ni apostrophé sur rien. Il réveille alors l'assemblée, en plein assoupissement dominical, s'enflamme, et notre table devient une nouvelle tribune :

— Alfred !

Il apostrophe Papa qui piquait un peu du nez après le déjeuner, et le tire sans ménagement de sa demi-torpeur. – Belliciste, moi ? Aimant l'odeur du sang ? J'ai depuis toujours détesté la guerre. Pour preuve, je n'ai jamais eu la moindre admiration pour Napoléon, contrairement à nombre de mes contemporains. Napoléon est grand parmi les hommes pour avoir fait hier les plus grands massacres dont on ait mémoire, ces champs de cadavres, ces plaines hurlantes de mourants éventrés. Non merci. Mon cher Alfred (mon père n'avait pourtant rien dit), je sais que l'on m'a accusé d'avoir aimé la guerre ! Rien n'est plus faux. J'avais déjà, il y a plus de vingt ans, écrit dans les colonnes du Bloc, *mon journal de l'époque, en réponse aux socialistes : « Je hais la guerre, d'une haine que je ne crois pas inférieure à Jaurès, mais je crois qu'il ne dépend pas de nous, comme il paraît le croire, de décréter la paix universelle de demain. » En France, nous étions calmes, eux, les Allemands, préparaient la guerre. Les socialistes ne désiraient pas voir la réalité, ils voulaient rêver. C'est d'ailleurs bien souvent ce qui les caractérise, et ce que je leur ai toujours reproché.*

Moi, je les dérangeais. Et, voyez-vous, tout ce qui se trame en ce moment au gouvernement, leur mollesse avec les Allemands, me rappelle le passé. Jusqu'ici, je ne vois de volonté qu'en Allemagne, ce n'est pas fait pour me rassurer.

Et le voilà qui recommence :

— Quand je suis arrivé au pouvoir, il m'a fallu lutter contre deux ennemis, les Allemands certes, mais aussi l'ennemi de l'intérieur, les pacifistes, les traîtres, les défaitistes, sans compter les imbéciles. J'ai sans doute été parfois légèrement autoritaire (le voilà, qui, soudainement, retrouve un tant soit peu le sens de la nuance !), mais nous n'avions pas le choix. Vous vous souvenez de mon discours, le 8 mars 1918, devant la Chambre des députés ? (Nous répondons forcément oui, en chœur, même si ce n'est pas vraiment le cas, il a fait tellement de discours !) Je m'adressais avant tout aux socialistes. « Ma politique étrangère et ma politique intérieure, c'est tout un. Politique intérieure, je fais la guerre ; politique extérieure, je fais toujours la guerre. » Et vous imaginez que c'était par plaisir ? Chaque semaine, j'allais au front en première ligne pour flairer le boche, visiter les tranchées, pour soutenir les troupes, faire un geste, si minime soit-il, pour qu'ils comprennent que nous étions à leurs côtés. Un chef, ça doit rester devant, pas se planquer à l'arrière, comme certains le font. Je voulais constater aussi, par moi-même, ce qui clochait dans l'intendance, dans le rapatriement des blessés, dans l'organisation du front. Mon petit frère

chéri Albert, mon fils Michel, engagés dès le premier jour, en refusant la moindre pension de guerre, m'avaient raconté toutes ces défaillances. Ces blessés, ces malheureux estropiés, évacués dans des trains, à même le sol, sur de la paille infectée, au mépris de toute hygiène. Je vous rappelle que je suis médecin. Mais je vous affirme, quoi qu'on en dise, et quoi qu'on en dira, que je voulais que tout cela cesse au plus tôt. Les horreurs de la guerre ne sont pour moi ni une formule, ni un concept abstrait. Je suis allé au front dès 1915, j'ai vu, j'ai tenté de vaincre. Avais-je le choix ? Les photos, les petits films que l'on prenait à l'époque, quand je me rendais dans les tranchées, c'était pour remonter le moral des Français, ce n'était pas de la vulgaire propagande. Pour moi, c'était avant tout une façon de faire tenir les deuxièmes lignes, les familles, les civils. Il fallait faire bloc. Pour que la Nation reste soudée, au nom des combattants, de leur cause, c'est-à-dire de la nôtre. Celle de la patrie. Et d'ailleurs, après le 11 novembre, certains, chez nous, voulaient continuer la guerre, attendre l'évacuation par les Allemands de l'Alsace et la Lorraine, au risque de nouvelles batailles, de nouveaux morts aussi. Je m'y suis opposé. Certains chefs militaires exigeaient que l'on signe la capitulation en Allemagne. J'ai refusé. J'ai fait la guerre à l'excès pour la faire durer le moins possible, j'avais trop vu ces espèces de trous plein d'eau où des hommes vivaient depuis quatre ans. Aux premières demandes d'armistice, j'ai failli devenir fou, fou de joie. Le premier qui est venu me dire « les boches n'en peuvent plus, ils demandent la paix », je lui aurais sauté au cou de joie. Monsieur Poincaré gardait, lui, son sang-froid. Il voulait continuer. On ne devrait jamais mettre à la tête d'un pays un homme qui a le cœur bourré de dossiers. C'est trop dangereux. J'ai accepté aussitôt l'armistice au nom de trop de sang versé, quitte à me faire encore des ennemis ! Mais vous savez, Alfred (il s'adresse encore et toujours à Papa, qui somnole malgré ses vitupérations et sursaute soudain), même si aujourd'hui je ne veux plus m'en mêler, je suis fort inquiet.

Ça, on l'avait compris depuis le début.

Mon père boit ses moindres paroles. Papa est de presque vingt ans son cadet, cela me fait quand même une drôle d'impression. La réalité, c'est que Clemenceau a ensorcelé toute la famille. Jusqu'à Maman qui s'est piquée d'amitié pour lui, j'y verrais presque un petit béguin. Elle va régulièrement lui tenir compagnie, rue Franklin. « Mon exquise maman », comme il dit, elle aussi de vingt ans sa cadette, y a ses habitudes, son fauteuil quasiment réservé. Il l'appelle Blanche, doit apprécier ses origines américaines. Elle sait même de quel côté s'asseoir, pour bénéficier de la bonne oreille du président…

Finalement, même s'il hurle contre « mes innombrables enfants, mon innombrable famille, mes innombrables amis », je sais que ce n'est point par méchanceté, car il les apprécie, s'en préoccupe sans cesse, et les reçoit souvent. Et s'il vocifère périodiquement contre mon entourage, c'est uniquement car il veut être toujours la priorité, le préféré. « Avec toutes vos occupations, vous n'avez plus le temps de penser à moi qu'en dormant. » Il est pire qu'un enfant jaloux.

En réalité, le plus difficile, dans nos lettres ou nos conversations, est quand je lui reparle de mes tourments et de ma peine, de la mort d'Annette. Il est toujours très rude, tout en voulant me disculper, m'apaiser. Peut-être a-t-il raison. Il reprend ses intonations de chef de guerre pour me rabrouer, il est comme ça, je dois m'y faire, c'est peut-être aussi ce qui m'attache à lui. « Le regret n'est qu'un puéril tourment d'impuissance. Il n'y a rien qui aide que le courage et la volonté. » Il se croit toujours en 1917, quand il fallait remobiliser les troupes. Il me parle comme à eux. « Demander moins du dehors et plus de soi-même, voilà le grand secret. Ne gémissez pas, luttez, affrontez. » Il m'a avoué, l'autre soir, avoir adoré le temps des tempêtes, le seul qui révèle les vrais caractères. Son secrétaire particulier Jean Martet l'excuse toujours : « S'il avait été un modèle de douceur, de patience, d'indulgence, il n'aurait peut-être pas gagné la guerre. » Et c'est vrai qu'à sa façon péremptoire et parfois si dure, il m'aide à me rétablir.

Je viens de recevoir une ultime lettre de lui, avant mon départ en Vendée. Et il s'est bien moqué de moi. J'ai eu le malheur de lui dire que je me sentais devenir une aïeule. Il m'a aussitôt répliqué que j'avais tort (comme d'habitude) et qu'à quarante-cinq ans, on était encore bien jeune. J'ai répondu sur-le-champ, que je n'en avais que quarante-quatre. Dans sa lettre suivante, il n'a pu s'empêcher de se moquer, encore, de moi : « Vous rectifiez par coquetterie (je connais bien votre âge), vous vous disiez aïeule ! Tous vos propos n'étaient donc que du chiqué. Vous êtes magnifiquement tombée dans mon piège ! » Il sait parfois être diabolique...

Je vais aller préparer mes bagages. Il me dit vouloir remplacer nos lettres par un bon petit bout de causerie sur un banc, face à la mer, ce qu'il appelle notre banc de quart, comme sur les bateaux. « Nous pourrons alors boire l'océan à grands traits. »

Je pars. Je vais le retrouver. Et surtout, a-t-il dit, « je ne veux pas que vous soyez "en visite", je vous rappelle aussi que la Vendée est un "trou". Mais je saurai vous distraire, et bien m'occuper de vous. » Il a précisé : « Notre règle, c'est sacré, c'est de n'en point avoir. » C'est pourtant toujours la sienne qui, d'une manière ou d'une autre, triomphe. Mais je ne me force pas à partir. Je suis une femme de méthode et de flamme, lui ai-je répondu dans ma dernière lettre. Pour la méthode, on verra. Là, c'est la flamme qui l'emporte. Je sais que là-bas, au moins, je suis attendue, que je vais y être fêtée. Mais je crois, aussi, qu'il va pleuvoir.

Chapitre 9
À Belébat

*Et si je ris de toute chose, ici-bas,
c'est afin de n'en pas pleurer.*

Lord BYRON, *Don Juan*,
Chant IV, 25-26.

À chaque venue de Marguerite à Saint-Vincent-sur-Jard, c'est toujours le même branle-bas de combat. Du matin au soir, des semaines à l'avance, le président, qui pourtant en a vu d'autres, est saisi d'une forme de fièvre vendéenne. Il consulte cinquante fois les horaires des trains, vérifie dix-huit fois avec le chef de gare que le 16 h 59 existe toujours bien, même le dimanche, que le 17 h 03 s'arrête vraiment à La Roche-sur-Yon. Il télégraphie à Marguerite pour être certain que c'est bien cette gare-là qui lui convient. Lui qui, comme d'habitude, veut tout régenter suggère avec insistance d'arriver plutôt aux Sables-d'Olonne, car dans ce train-là, on peut se restaurer. « Il y a un vrai problème, dramatise-t-il : dans celui de La Roche, on me dit qu'il n'y a ni panier, ni buffet. » Puis il s'inquiète de la taille de sa malle qui devra rentrer dans le coffre de la Rolls, lui conseille de ne pas trop prendre de vêtements. Ensuite, il se ravise, il faut qu'elle ait sa provision de lainages car cette année, le printemps est frisquet. Elle pourrait prendre froid. Il lui fait préciser sans cesse l'heure et la date de ce qu'il a baptisé « la cérémonie du revoir ». Décale-t-elle sa venue de quarante-huit heures pour s'occuper des enfants, on frôle le drame.

« Vous comptez, madame, la vie en semaines, moi je compte en secondes. La consigne est de venir un mois plus tôt de préférence à cinq minutes plus tard. » Il en plaisante, mais se sent en sursis, ce qui le rend, le grand âge venant, encore plus impatient. Jeune, puis aux affaires, il a toujours été capricieux – volontaire, rectifieraient ses fidèles. Une fois les décisions prises, l'intendance devait suivre et vite. Attendre et musarder n'avait jamais été dans sa nature, vouloir tout, et tout de suite, était dans ses gènes, il en a épuisé son entourage. En vieillissant, il en devient presque fatigant, jetant ses ordres, comme si Marguerite était une petite fille indolente. Marguerite en est consciente, redoute une fin qui pourrait être trop prochaine. Elle le sent parfois décliner. Une écriture un peu tremblée, quelques redites dans ses lettres, il l'inquiète... Mais l'agace un peu en même temps : leur histoire en quelques mots… Il n'a pas encore admis qu'elle fait toujours ce qu'elle peut, rarement ce qu'elle veut. Et puis, lui, le chef de guerre, supposé inébranlable, se noie dans les détails dès qu'il s'agit de Marguerite, tel un gamin frôlant presque le ridicule. On frise l'épopée, quand il ne s'agit que de maîtriser les horaires du chemin de fer. Elle va venir, donc il ne lui écrira pas la veille car elle ne pourra recevoir la lettre, sauf si elle passe par Paris. Mais si elle prend le 10 h 10, il lui écrira quand même, mais il y a un véritable risque : qu'elle ne puisse croiser le facteur, si ce dernier a traîné lors de sa tournée. Et si elle décale sa venue, ce qui n'est pas humainement envisageable pour lui, elle ne devra pas omettre de lui écrire quand même, car il en serait très, très désappointé. Certes, ils vont se retrouver le lendemain, mais ce ne peut pas être une excuse. Elle ne peut lui manquer. Il a déjà tout organisé. Le taxi, le trajet vers la gare, un éventuel encombrement qu'il faut anticiper, des difficultés qui pourraient survenir pour porter les bagages, pour trouver le wagon ? Il la bombarde de messages. À croire qu'il n'a jamais eu, dans sa vie, à dominer des situations plus compliquées. Il a seulement gagné la guerre.

Officiellement, il veut la rassurer quand c'est avant tout lui qui s'inquiète. Oui, sa chaise longue l'attend, oui, la chambre a bien été aérée, *sa* chambre des estampes qui lui tend les bras, remise à neuf, draps propres, ménage impeccablement fait. Le déjeuner sera prêt à 12 heures ; le thé à 5 heures, il le prépare lui-même, en souvenir de sa passion pour l'Asie, ses traditions, ses cérémonies ; le dîner à 7 heures. Elle n'a rien demandé, c'est lui qui anticipe. Et quand il ne la tranquillise pas à propos de l'intendance, dont elle se contrefiche, il fait son Cyrano. Emphatique : « Pour votre arrivée, nous préparons des tritons et des sirènes, sans parler des marsouins. » Lyrique : « Dimanche, dans le fond de ma voiture, je caracolerai sur un cheval moral sous votre balcon. » Prévenant : « Afin de vous réconforter, je vous tiendrai de si près que si vous avez froid, c'est moi peut-être qui m'enrhumerai. » Naïf : « le bout de mon nez rond voit déjà le bout de votre nez pointu. » Et bien sûr, pour aller la chercher, il part plusieurs heures en avance, pour faire vingt kilomètres, car on ne sait jamais. Il envisage le pire, une crevaison, un accident. Pas question de la faire attendre. Il prend alors la route avec Brabant, son fidèle chauffeur, son compagnon de voyage. Brabant se vante de tenir le 110, même sur les routes de Vendée. Il met un point d'honneur à ne jamais ralentir, et surtout pas sur les cassis, ou quand il y a des trous dans la chaussée, il faut qu'il y ait du sport ! Ce sont les instructions du Patron. Ceux qui ont partagé sa voiture, une Rolls antique, dont « les ressorts tannent les fesses », s'en souviennent. Une guimbarde de chiffonniers, munie d'oreillers à l'arrière pour atténuer la rudesse des suspensions. Son secrétaire, Jean Martet, se rappelle en avoir fait la douloureuse expérience : « Brabant conduisait à bride abattue. Une sorte de chevauchée vers l'abîme. On sort de là, on est mort. Lui en sort avec le sourire. » Les fenêtres de la Rolls, immatriculée 29 E 13, sont baissées par tous les temps. La vitesse et le grand air sont deux des nombreuses obsessions du président. Lui ne risque pas d'être décoiffé, il a le cheveu rare. Et pourtant, il est passé chez le coiffeur, le barbier pour l'accueillir. Coupe courte, moustaches un peu ratiboisées, il veut être irrésistible. Il fait au mieux, vérifie le nœud de sa cravate. Il ne veut pas ressembler à un vieux, déteste la moindre forme de laisser-aller.

Tout est prêt, Clemenceau peut dévorer la route avec excitation. Il va enfin la revoir.

Il est arrivé à la gare, évidemment en avance. Il s'adresse en pensée à Marguerite : « Tous les gens qui me croisent me disent que je suis charmant, et vous ? » Elle apparaît enfin, le 14 h 59 a tenu toutes ses promesses. Il la trouve un peu fatiguée, le regard légèrement cerné, mais fort altière, et si belle. Mais surtout, elle est là. Le voilà qui frétille intérieurement, mais il fait le discret. Il sait ne jamais passer inaperçu, et doit tenir son rang. Sans compter ces maudites convenances, mais ça, c'est surtout pour elle. Pas d'effusions à la gare, ce sera pour plus tard. Il a devant lui une bonne semaine de causeries à partager. Il a tout planifié, reçu ses filles, ses petits-enfants, ses sœurs et frères au préalable, pour éviter toute intrusion quand ils seront deux, bien signalé à ses amis, ses relations, qu'il ne pourrait les accueillir pendant cette semaine. Il a tout manigancé pour être tout à elle, espérant surtout, en fait, qu'elle sera toute à lui. Il veut être seul ou presque avec elle. « Marguerite, il tombait de la neige morale, depuis que vous êtes partie. ». « Madame, je naîtrai ce jour de mars, à La Roche-sur-Yon, avec votre venue », lui a-t-il écrit. Un brin excessif sans doute, mais à le voir trottiner sans canne, et gambader ainsi sur le quai, c'est indéniable.

Journal de Marguerite

Il m'a accueillie ainsi :

— Vous êtes fort belle, madame, le chemin de fer ne vous a point fatiguée. Vous comprenez pourquoi je ne tiens pas à avoir une photographie de vous. J'ai dans les yeux une image supérieure à tous les clichés. J'en suis sans cesse émerveillé.

Pas le moindre reproche, c'est rare. Il est de bonne humeur et plaisant à souhait. Il rayonne. Aujourd'hui, il ne porte pas sa casquette en fourrure de loutre mais un simple chapeau de ville. Je n'ai plus l'habitude d'être ainsi fêtée. C'est vrai, comme le dit Fernand, qu'il est « toujours galant avec les dames et d'une gentilhommerie charmante ». Mais pourquoi penser à Fernand ? Il est si loin. D'ailleurs, hasard de l'existence et ironie du sort, il donne en ce moment une série de conférences aux États-Unis en l'honneur de... Clemenceau. Mes enfants sont occupés, heureux chez leurs grands-parents. Je suis enfin un peu libre. Je peux, sans remords, profiter de Belébat. Un drôle de nom pour ce lieu-dit qui abrite sa bicoque, comme il l'appelle. Je le lui fais remarquer, il réplique :

— Bel-ébat, parce qu'on peut aussi l'écrire en deux mots. Ne trouvez-vous pas que c'est un peu gaillard pour mon antique jeunesse ?

Je n'ai pas relevé, il sait que je n'apprécie que peu les grivoiseries et son air égrillard. Il ponctue aussitôt :

— Vous savez quelle est ma devise ? Quand Belébat vous tiendra, Belébat vous gardera.

Parle-t-il de la maison ou de lui ? Il semble si heureux de me voir que j'en suis, à mon tour, fort troublée. Il a calmé ses ardeurs sur la route, Brabant a reçu l'ordre de s'ennuyer au volant. En mon honneur, nous aurons un train de sénateur. Il a remonté les glaces de la voiture pour ne pas trop me décoiffer, ni me faire prendre froid. La route est un peu chaotique et Georges a tenu ma main tout au long du chemin. Comme toujours, il décrète que nous n'avons pas une minute à perdre. J'aurais bien aimé pouvoir me reposer, mais, pour ne pas gâcher la fête, je me tais. Quelques achats à faire au village, et le voilà qui m'entraîne, à son rythme effréné. Il veut me faire arpenter son « pays natal ». Il virevolte chez les commerçants, chacun a droit à son petit compliment, pas toujours du meilleur goût. Ses traits d'esprit sont, je le sais, faits pour me divertir, pour me montrer, aussi, qu'ici, il est le roi. Nous croisons le cuistot fort enrobé de l'Auberge du Mouton, il l'a connu enfant, l'a souvent soigné, et maintes fois sermonné à propos de son embonpoint. Son patient-cuisinier l'interpelle :

— Monsieur le président, j'ai perdu 12 kilos comme vous me l'aviez prescrit !

— Vous avez dû mal chercher, mon cher ami, réplique-t-il aussi sec.

Il me regarde alors avec son air rusé – mais il n'a pas aujourd'hui ce regard qui exécute. J'ai du mal à rester sérieuse car, au fond, je n'en ai pas envie. Nous croisons un fermier, il prend aussitôt des nouvelles du petit qui s'est cassé la jambe. Il se souvient de tout, des circonstances de l'accident, de son âge.

— Comment va l'Antoine ? Il faut qu'il retourne vite à l'école, pas aux travaux des champs, vous avez bien compris, c'est important l'école !

Quant à la boulangère, que nous visitons chaque fois que je suis en Vendée, il lui refait sa sempiternelle blague :

— Mère Michonneau, je suis jaloux de vous.

— Pourquoi ? répond-elle invariablement.

— Parce que vous avez une plus belle moustache que la mienne.

Elle éclate de rire. Ce n'est pas de la malignité, c'est simplement leur rituel. Il faut dire que les gens l'aiment vraiment, sans aucune affectation.

Sur le fond, ils se ressemblent, eux et lui. Nulle barrière de classe ou de milieu. On est loin de Saint-Dié, de ce que certains appellent la haute société protestante, dont je fais partie. Ils parlent la même langue, et Clemenceau leur appartient.

— Vous savez, Marguerite, contrairement à vous, moi, j'ai eu une enfance paysanne et au grand air. Je les connais tous, je sais leur « bonne bonté ». Je disais à Monet, l'autre jour, « la Joconde et moi, nous ne nous sommes jamais compris. Je lui préfère une petite paysanne de Corot qui est au Louvre. » Ces paysans font partie de mon enfance. Je les aime. Et quand je mourrai, car cela va venir fort vite, leur chagrin à eux ne sera pas feint…

J'ai préféré changer de sujet de conversation.

Nous voilà enfin arrivés à la maison, dans son repaire. Son chien nous accueille à grands bruits :

— Un vrai ministre, dit-il, il aboie en reculant.

Et, pour la énième fois, il me vante ses fleurs. Son jardin est un innommable fouillis, ce qu'il revendique, magnifique de liberté certes, mais impraticable avec des bottines, je glisse dans la boue et dans le goémon.

— Je ne me sens pas l'impudence de contrarier la nature, plaide-t-il.

Bien sûr ! Il ne me reste plus qu'à retenir ma robe et à enjamber ses sacro-saintes plantations. Je sais déjà que demain, j'aurai encore droit à une initiation aux mystères de l'horticulture sablonneuse, aux secrets de la fertilisation de son jardin…

— Ce sable ne donne rien, s'il n'est pas préalablement aéré, comme l'intelligence, dit-il.

Soit. J'obtiens, avant le dîner, un petit répit dans « ma » chambre d'amis, celle aux estampes japonaises. Elle est petite, mais c'est la mienne, et il y a disposé des fleurs qu'il a cueillies lui-même, ce matin. Il fait sa petite moisson aux aurores, chaque jour, vers 6 heures. Je commence à bien connaître la maison. J'y ai déjà séjourné deux fois, avec les enfants. Je dois avouer que c'est un peu rudimentaire, il n'y a pas encore l'électricité. Et quand certains visiteurs l'interrogent afin de savoir où se trouve la salle de bains, il tend le bras vers la mer en déclamant, « la voici ». Il adore contempler la mer mais déteste se baigner. Chez lui, tout est de plain-pied, une maison basse de pêcheur, dont il est le simple locataire. Je sais que le propriétaire de sa bicoque, le commandant Amédée Luce de Trémont, bien que royaliste et catholique, est fou de Clemenceau. Il lui a signé un bail à vie, sans qu'il ait à débourser le moindre franc. Georges a toutefois tenu à distribuer, chaque année, 150 francs aux plus pauvres de la commune, pour ne pas se sentir « acheté ». Comme lorsque André Citroën lui avait offert une très belle voiture, une de ses grandes passions, bien qu'il ait déploré qu'elle n'aille qu'à 80 km à l'heure, et qu'il avait versé à la caisse des ouvriers de cette entreprise l'équivalent du prix de la luxueuse automobile aux coussins gris perlé.

Quand je suis en Vendée, nous nous occupons de quelques familles nécessiteuses, leur fournissant des livres, de l'argent, du lait ou de la viande ; tout cela me plaît bien, je le lui dis, il m'interrompt en pestant :

— Ne croyez pas Marguerite, que ce sont mes bonnes œuvres, comme on s'en satisfait dans certaines familles catholiques bien-pensantes ! C'est le minimum que je leur dois, et c'est bien peu. Et d'ailleurs si l'on avait appliqué l'Évangile à la lettre, il n'y aurait pas tous ces pauvres, il n'y aurait pas de question sociale.

Nous ne ratons jamais non plus aucune des distributions de prix, même dans la plus petite école. Il a une telle révérence pour l'instruction publique et l'école de la République. Je n'ai pas eu la cruauté de lui rappeler que c'est son ennemi Jules Ferry qui y est pour beaucoup.

Nous cheminons maintenant dans sa propriété, c'est sans doute un bien grand mot, car tout cela est fort modeste. Il me montre ses carpes de soie volantes et flottantes qui sont hissées en haut d'un mât, lorsqu'il séjourne dans sa maison, sortes de manches à air de quelques mètres, cadeaux de Monsieur Matsui, l'ambassadeur du Japon, des koinoboris. *Ah oui. Et le voilà qui recommence.*

— Cette carpe, cet animal-là, il flotte, il est creux, en étant agréable à regarder. On pense au président Doumergue.

Nous entrons dans la maison, il se calme. Deux sculptures en bronze représentant des renards encadrent l'entrée, allégories de la Richesse et de la Science, il les a baptisées Rothschild et Pasteur. Je retrouve ses jolis meubles et un grand tapis marocain offert par Lyautey. Nous allons bientôt passer à table. Il est l'heure. 7 heures sonnantes, pas 7 h 10, attention. La cuisine-salle à manger est le centre de la maison, toutes les chaises y sont disposées afin de ne jamais tourner, si possible, le dos à la mer. Clotilde règne sur les fourneaux, c'est elle qui a dicté les plans de la cuisine, a supervisé l'achat de la moindre cocotte, du plus petit tranchoir. Clemenceau a obtempéré. Tous les matins, ils fixent ensemble le menu. Il fonce alors acheter son poisson à La Tranche-sur-Mer, avec Brabant et la terrible Rolls. Il va aussi, je l'ai bien compris, jacasser avec ses poissonnières, deux robustes gaillardes, Mathilde et Blandine, dont il adore, paraît-il, la verdeur. Là, il ne me veut pas du voyage. Elles lui réservent ce qu'il y a de meilleur, de plus frais, notamment ces mulets dont il raffole. J'ai surpris, lors de mon dernier séjour, une conversation dans la cuisine, entre Albert et Clotilde, que je n'étais pas censée entendre. Comme ses deux amies du marché lui demandaient pourquoi il les surnommait Ma perle et Mon diamant, il avait répondu, hilare, « car une perle, ça s'enfile, un diamant ça se monte ». Elles avaient beaucoup ri. Il aime le parler cru. Je ne le connaissais pas sous ce jour, ce n'est pas ce que je préfère chez lui. Je crois que mon fils, Pierre, qui m'accompagnait ce jour-là, n'a pas tout compris.

Ce soir, en mon honneur, nous aurons la quintessence de la gastronomie bellebienne. Il ne me faudra pas trop chipoter sur la nourriture, car cela risque de l'agacer. Mais je dois avouer que, même en Vendée, à ses côtés, j'ai très peu d'appétit. Lui, quoi qu'il en dise, a le culte de la bonne chère. Je ne l'ai jamais vu plaisanter sur ces sujets. Quand je me soucie de sa santé, de ses éventuels excès (ce qui le met hors de lui, même si je le sens flatté par ma sollicitude), il me raconte avoir arrêté le sucre dans le café et préférer un fruit poché aux crèmes au chocolat de Clotilde. Et il ne se prive pas de me rappeler aussi sec que je parle à un médecin. Soit !

— Savez-vous, Marguerite, que j'ai arrêté le cigare, une passion pour moi, et du jour au lendemain ? C'était en 1912. Mon médecin m'avait dit craindre pour ma voix. À la Chambre, il était hors de question que je susurre, vous me voyez avec un tout petit filet de voix, du genre petite bonne femme. Il leur fallait de la puissance, des orages, je n'ai pas hésité.

Je ne peux tout de même pas m'empêcher de remarquer qu'il garde quand même quelques pipes dans son bureau. Il se dit raisonnable. Bien. Mais avant le dessert, quel festin ! Il admet :

— Il est bien certain que je mange des choses qui ne me font pas du bien, mais c'est pour mourir en beauté.

Là, son regard devient perçant, il cligne des yeux, déjà tout à l'heure dans la voiture, il évoquait sa mort :

— Si je vous semble parfois si dur, en vous demandant d'être enfin vous-même, de vous lancer dans l'écriture, c'est aussi parce que c'est ainsi que vous ne me perdrez pas quand je serai parti.

Je me fais du souci. Il faut que je le détourne de cette hantise, la mort, encore la mort, toujours la mort. Tel est notre pacte, certes, mais je ne veux pas l'aider à mourir, je veux avant tout qu'il puisse vivre, un peu avec moi. Il me fait parfois de la peine, presque du chagrin. Je ne peux pas lui dire que je suis hantée, moi aussi, par sa disparition. Un câble, un coup de téléphone qui peut arriver à tout moment et bouleverser jusqu'à ma raison d'être. Je ne lui survivrai pas bien longtemps.

Mais je vais tenter de l'égayer, ce soir, à mon tour, et pourquoi pas à l'occasion de ce presque banquet qui nous attend. Je ne vais pas le sermonner. Il faut qu'il soit heureux. La réalité, c'est qu'il est gourmand comme un chat. N'a-t-il pas envoyé Marcelle, son autre cuisinière, parfaire ses talents par un stage dans les cuisines du Claridge ? Ne s'était-il pas plaint, dans une de ses lettres, d'une remplaçante de Clotilde : « Ma cuisinière sait assez bien faire cuire les os, mais il y a rarement de la viande autour. » Il se vante même aussi d'être allé espionner, au Mont-Saint-Michel, les fourneaux de la mère Poulard, pour connaître le secret de sa fameuse omelette. « Une rasade d'huile qui empêche le beurre de brûler. Voilà le secret de leur fameuse omelette », aussitôt transmis à Clotilde pour qu'elle puisse le répliquer.

Sole au beurre, poulet Soubise (quarante-huit heures rôti à la cocotte, découpé sur purée d'oignons et sauce béchamel), homard à la Clotilde, gigot de pré-salé aux mojetttes (il faut alors que la cuillère tienne debout dans le plat de haricots), voilà les grandes spécialités de la maison. Un doigt (plutôt deux ou trois) du fameux vin de Loire du père Cristal, à chaque repas – sans compter le braconnage d'Albert, fort émancipé par rapport à la loi et aux périodes de chasse. Il rapporte presque tous les jours du gibier, tue les anguilles au sabre, et cueille chaque jour des bouquets de crevettes roses pour améliorer le quotidien du Patron et de ses invités – les finances de Georges sont serrées, je l'ai bien compris sans qu'il ait à me le dire.

Mais moi, je vais finir obèse. Il marche, lui, au moins dix kilomètres chaque jour. Je sais par des indiscrétions qu'à un de ses amis qui se plaignait d'avoir dû faire douze kilomètres en le suivant, il avait rétorqué :

— Qu'avez-vous donc à la place des couilles ? Trente kilomètres, c'est ma dose habituelle quand je suis chez moi.

Tout en distinction et en exagération. Je ne suis pas de cette trempe. Mes jambes, si fragiles, ne pourront plus me soutenir après de tels excès. C'est peut-être un trait de cet âge. Papa aussi était comme ça, en vieillissant, très porté sur les plaisirs de la table. Pour moi, manger est uniquement une façon de rester en vie, ou presque. En fait, j'ai renoncé à bien des plaisirs. Il me fait rire, avec ses recommandations, comme si j'étais une experte, moi qui suis si peu versée dans les arts culinaires. Je suis censée, en tant que femme, être passionnée par ces considérations. Faire la cuisine m'ennuie jusqu'au dernier degré, et je rate le moindre plat, aussi simple soit-il. Je ne le lui avouerai jamais. Mais me voilà devenue méchante et un brin aigre ! S'il aime tant les banquets et partager sa table, c'est qu'il aime la vie, lui, comme il aime l'amour. Il fait tout si déraisonnablement. Il me reproche ma circonspection, mon manque d'enthousiasme. Il dit qu'il est « l'Etna dans la banquise ». Je le trouve un peu sévère avec moi, je ne suis pas si glacée. Lui, c'est un ogre en tout… Mais un ogre si délicat. Il m'a embrassée tout à l'heure sur le front, avec sa grosse moustache de phoque, qui frottait mes sourcils. Il fleurait bon l'eau de Cologne. Il avait choisi un complet blanc fort avantageux, mis des souliers mi-cuir mi-draps, fermés par une boucle. Il faut dire qu'il porte beau, pas de ventre qui déborde, malgré l'âge. Il se met toujours en frais pour moi. Mais ce qui m'inquiète un peu ce soir, c'est que l'orage est venu et que la mer est en fureur. Il adore la pluie, le vent, les tempêtes. Je déteste l'humidité, la bruine, comme tout le monde, sauf lui. Et sous la pluie, je vais frisoter et ne vais ressembler à rien. Point de coiffeur à Belébat, pas d'électricité donc pas de fer à friser.

Il répète m'aimer telle que je suis, je sais que cela n'est pas vrai. Je me dois d'être présentable.

— J'ai horreur du soleil, il n'y a de salut pour moi que dans la pluie, m'a-t-il dit.

Moi, les intempéries, la boue, le crachin, les longues promenades d'où l'on rentre trempé, c'est à peu près tout ce que je déteste. Les Vosges m'en ont vaccinée.

Je venais en Vendée pour chercher le soleil, le bel azur qu'il me vantait. Prions le ciel (cela l'énerverait) pour que, demain, la météo me soit clémente, au risque qu'il en soit contrarié.

Et puis, je suis nerveuse ; tout à l'heure, il m'a déclaré :

— C'est toujours en colère qu'il faut voir la mer et les femmes.

Ce soir, la mer est démontée. Je quitte ma chambre avec appréhension. J'ai changé de robe, mis du parfum, me suis recoiffée. Il est 7 heures 02 à l'horloge de la cuisine. Il est installé à califourchon sur une chaise, le dos face au feu pour mieux s'y réchauffer. Il a failli attendre. Il se lève. Je suis là.

Chapitre 10
L'hymne à l'amour

Ne dis pas à l'amour plus tard. L'avenir est fait de hasards. C'est aujourd'hui qu'il faut cueillir ce que demain viendra flétrir. Vite un baiser, ma toute belle, la jeunesse passe à tire d'aile.

William SHAKESPEARE,
La Nuit des rois, II, III.

Ce soir, le président a déployé le grand jeu. Et il adore Shakespeare. Marguerite ne doit pas attendre, il lui faut être éblouie, rassurée, heureuse, enfin tout... Albert, un peu pompeux, mais tellement réjoui, ce soir, de voir son patron rayonnant, se lance dans sa tirade des plats. Les mulets, en forme apéritive, puis le poulet, le fameux Soubise forcément. Un petit entremets à la façon de Clotilde pour clore le tout. Il faut dire que la cheffe cuisinière adore Marguerite, qui a toujours des attentions, des petits cadeaux pour elle, et ne la considère jamais comme une inférieure, ou une domestique. La maîtresse de maison, car c'est bien elle, se doit d'honorer à sa manière Clemenceau et sa « relation », comme elle dit. Elle les traite comme deux jeunes mariés. Elle est heureuse qu'il ait de la compagnie, et pas de ces politiciens qu'elle déteste – d'autant plus qu'elle sait bien, que souvent, ils le chagrinent un peu. Elle s'est pliée en quatre pour que leur dîner soit inoubliable. L'autre jour, elle avait raté la sauce du turbot, c'était pour Tardieu, un ancien ami du Patron. Elle n'en avait pas dormi de la nuit. Le président le lui avait gentiment fait remarquer, le lendemain matin. Blême, elle avait reconnu son mauvais tour de main, accusant à mi-voix aussi un œuf défaillant. Ils en avaient conclu que faillir n'était pas d'importance, quand on voulait par la suite atteindre des sommets, que l'essentiel était d'accepter un échec, mais surtout qu'il convenait de lutter pour ne jamais le reproduire. À la guerre comme en cuisine, le président ne varie jamais, et se répète un peu. Le vin servi, Albert s'affaire pour que rien ne leur manque.

À Belébat, les repas sont parfois interminables. Albert en maîtrise le tempo, afin de laisser au président la possibilité de raconter ses exploits, de « potiner » ou de tailler en pièces un nouvel ennemi. L'auditoire se doit alors de friser l'extase, et si possible de le manifester bruyamment. Ce soir, l'ambiance est tout autre. Cela doit aller vite. Clemenceau clôt la séquence. Il porte un toast à la maîtresse des lieux :

— Clotilde est belle, elle aurait pu être un très grand général. Elle sait que la vie ne vaut d'être vécue que si nous allons toujours au-delà de nos forces et ce soir elle s'est surpassée.

À qui s'adresse vraiment ce message ? À Clotilde, sa bonne vendéenne avec sa coiffe, ses silences et son acharnement, qui ne se satisfait jamais de la médiocrité. Mais il vaut aussi pour Marguerite. « Si tout le monde était comme elle... », se dit-il.

Le message est à peine voilé, Marguerite l'a bien compris. Se dépasser, se surpasser... Il est toujours rigide et donneur de leçons, comme un peu obsédé, les stigmates de la guerre, sans doute. Mais, passées ces tirades, il enchaîne, car ce soir, ce qu'il veut avant tout, c'est causer à Marguerite, comme il dit. Il invite alors Albert et Clotilde à aller se reposer. À leurs sourires bienveillants, c'est une proposition superflue. Ils se disent tous deux soudainement épuisés. Ils ont bien compris la consigne, sans qu'on ait à la leur signifier. Georges demande à Marguerite, par pure forme, si elle n'est pas trop fatiguée par le voyage, mais sans attendre la réponse, l'entraîne dans son salon ouvert sur la mer, qu'il appelle son kiosque Trianon. Quelques chaises, du sable de la plage sur le sol, la vue sur l'océan, les murs sont faits de fagots de bruyère. Il la fait s'asseoir à ses côtés, lui prend la main, la porte à ses lèvres moustachues, entoure ses épaules au prétexte qu'elle pourrait prendre froid, même s'il fait fort tiède en cette soirée, l'orage se fait attendre. Elle le laisse faire, et lui, d'habitude si bavard et enjoué, ne dit plus un mot. Il reprend, après un long silence :

— Je vous trouve, Marguerite, un peu triste ce soir, la fatigue du chemin de fer, sans doute. Vous êtes enfin heureuse, ici ? Toute l'affaire entre nous doit être de sentir et vouloir en même temps.

Justement. Elle ne répond pas, se laisse enlacer, et soudain se redresse, s'échappe, un peu.

— Georges, je ne suis plus une enfant, je vous admire tant.

— Madame, un homme qui se laisse dire par une femme qu'elle l'admire est un sot, et la femme qui le dit est une enfant.

Il voit bien que l'ombre de Fernand plane. C'est la bonne épouse, la mère endeuillée, qui résiste à ses attentions, ses intentions, et à ses envolées. Qu'importe, il va essayer de la consoler, sans l'effaroucher. Pas question ce soir de se divertir, pas de partie de jacquet au salon. Oui, il l'aime, la désire, mais il fera ce qu'elle a choisi. Il obéira, même si cela le désole. Il se dit qu'elle a encore tant de choses à découvrir, à éprouver. Il croit savoir qu'elle n'a jamais connu le plaisir.

— Marguerite, je vous avais fait serment de vous aider à vivre. Pour ce faire, il me faut bien tenter de vous enflammer, ne serait-ce qu'un peu. Vous souvenez-vous de cette lettre, je vous parlais de mes modestes tisons, disant vous embrasser sous la cendre. Ce n'était pas uniquement pour vous faire sourire. Je voudrais tant vous entraîner, ne croyez pas que c'est par égoïsme. Je crois savoir ce qu'est la vie, j'ai eu grandement le temps d'en éprouver les joies et les malheurs, elle est à la fois longue et courte. Ce que je sais savoir, c'est qu'il ne faut pas la laisser filer, par inadvertance voire par flemmardise. J'avais trouvé ce mot « flegmardise » qui résume, je crois, assez bien, cette idée. La passivité m'insupporte. Profitez du temps qu'il vous reste, qu'il nous reste, l'avenir peut nous préparer tant de mauvaises surprises. On ne sait rien du temps, sauf qu'il nous est compté. Vivez, au risque de vous dire un jour, j'ai plus routiné que vécu. Il est vrai que je suis parfois bien dur et exigeant. Je vous chagrine souvent, en vous faisant des remontrances, c'est dans mon tempérament. Mais je vous avoue ce soir que, et par-delà mes ronchonneries que vous devez me pardonner, vos lettres sont pour moi une source perpétuelle d'enchantement. Quand vous ne vous plaignez pas, dois-je le préciser. Non que je ne comprenne vos douleurs, vos soucis, mais à quoi bon se complaire dans la mélancolie ? C'est ce que je déteste chez nombre de romantiques. Cette forme de délectation morose, leur acceptation, si peu virile, de ce qu'ils croient être la fatalité... Mais je m'égare, revenons à nous, à vous. Vos lettres donnent un regain de je-ne-sais-quoi à ma sénilité. Je sais avoir mon âge, même si je l'oublie toujours avec vous. C'est peut-être cela ma faiblesse, mais c'est une force pour moi, et je vous la dois. Que vous soyez loin ou près de moi, vous le savez, je suis toujours à vous. En dormant, en vivant, je vous attends sans cesse. Mais j'arrête là les confidences, je ne suis pas un freluquet, ni un amant éploré. Je ne suis pas Vigny. Et qu'importe mes désirs, vous êtes encore si jeune. Vivez, aimez, moi si possible.

« Du calme et de la fougue », voilà le grand secret. Il me semble que vous ne cherchez que l'apaisement après vos longues souffrances. Je puis tenter de vous l'apporter, mais ce n'est pas ma leçon de vie. Je sais votre drame, mais vous avez le devoir de penser aussi à vous. Ce n'est pas dans l'affliction permanente que vous pourrez venir en aide à vos enfants, ou à vos proches. Ne vous réfrénez pas ! « Vous êtes à trop de gens, ce qui vous empêche d'être à vous-même. » Si j'avais votre âge, et, sachez que je l'ai eu, je m'ouvrirais une dernière fois à la vie, avant qu'il ne soit trop tard. Au risque d'attrister notre soirée, je vous rappelle ce que disait Montaigne : « Il faut avoir un peu de folie, si l'on ne veut avoir plus de sottise. » Il faut savoir chaque jour non remercier le ciel, mais honorer la vie. Pardon pour toutes ces citations, ce sera la dernière, toujours de votre ami Montaigne. « Tous les jours vont à la mort, le dernier y arrive. » Songez-y. Mais je ne veux transformer notre soirée en un imbécile concours d'érudition. Je ne suis pas un universitaire, moi ! Et je ne souhaite surtout pas vous attrister. Mais laissez-vous vivre et déborder, c'est aussi votre tempérament, ça je le sais. Nous avons tous quantité de prétextes pour nous arrêter de travailler, d'aimer ou tout simplement de vivre : la nuit, la vieillesse, la fatigue, la maladie… « Le bonheur est toujours un équilibre d'inquiétudes. Il faut accepter de l'affronter, autrement à quoi bon vivre ? Vous êtes quelqu'un, il faut que vous le montriez. N'essayez pas vainement de remplir les vides de votre vie. »

À la fin de cette longue tirade, il la raccompagne vers sa chambre, en passant par la sienne, elles sont si proches, à peine quelques mètres. Il lui montre la vue sur *son* océan, un tout petit détour. Il lui explique avoir fait rehausser son lit afin de pouvoir voir les flots, même quand il est allongé. Il caresse de sa main gantée sa petite Alsacienne, talisman en porcelaine qui semble le regarder depuis son étagère, mais il sait que là, pour couper court à la gêne, il va lui falloir la faire rire.

— Voyez ce caïman accroché au mur, au milieu de mes têtes d'antilopes, eh bien, ce caïman, c'est un vrai. La platitude du crâne en est assez dégoûtante. J'ai vu cela souvent chez les parlementaires.

Elle sourit, il a presque gagné.

— Quant à cette peau de tigre sur mon lit, et cette gueule ouverte avec autant de dents, c'est moi qui l'ai tué, le tigre, pas la peau. C'était aux Indes. Je me baladais dans ma chaise à porteurs, en fait un palanquin, avec le maharadjah de Gwalior, dans la jungle de Rampura, nous avions repéré la bête à trente kilomètres, après plusieurs jours sans tigres, je commençai à m'impatienter, vous me connaissez. Et soudain, je l'ai vu, j'ai épaulé, tiré, car le maudit félin s'apprêtait à avaler mon Albert qui peinait à remonter sur son éléphant. Il s'était imprudemment aventuré près de l'eau, Albert, pas le tigre.

Il recommence, comme si Marguerite était un peu simplette.

— Dans la Nièvre [Albert est nivernais], ils ne sont que rarement confrontés à de tels dangers. C'était il y a trois ans. J'avais alors la gâchette plutôt efficace, je n'étais pas « gâteux », comme ils disent à Paris. J'en ai même tué deux. J'ai visé en imaginant qu'il s'agissait d'un parlementaire, d'un ministre, voire du président de la République ; cela m'a stimulé, a rendu mon tir vif et précis.

Elle sourit, il l'embrasse prudemment. Mais pas à la façon de sa jeunesse. On appelait cela le « maraîchinage », un baiser vendéen fort appuyé, la vélocité de la langue en faisait, d'après lui, le caractère exquis. Il l'a beaucoup éprouvé, pratiqué, à l'époque.

Ce soir, il se réfrène, est devenu presque timide. Elle ne s'est pas enfuie. Elle va, plus tard, après quelques légères étreintes, regagner sa propre chambre. Il faut aller dormir.

— Seuls quelques embruns, un peu d'iode, la fureur de Poséidon vont nous séparer d'ici demain matin. Que la nuit vous soit tendre ! Dès l'aurore, je vais encore et pour toujours, vous entraîner dans mes folies. Je vous en fais le serment, vous ne le regretterez pas. La seule imprudence de notre vie, voyez-vous, mais elle est de taille, c'est de naître. Auprès de celle-là, les autres ne comptent pas. Je vous ferai la preuve, demain, que la moindre seconde mérite d'être vécue. Au petit matin, nous aurons un jour nouveau. L'orage aura nettoyé l'océan et le ciel. Il fera beau à Belébat. J'ai beau ne pas l'aimer, ce fichu astre chaud, je peux vous dire que, sans vous, ce n'est jamais du vrai soleil. « Demain, dès l'aube, à l'heure où blanchit la campagne ». Vous adorez Victor Hugo, n'est-ce pas, forcément ?

Il sait que c'est un peu facile.

— Je partirai vous cueillir des iris et des roses, ces pavots si fragiles pour parfaire le bouquet. Si la tempête n'a pas dévasté notre jardin. Je me lèverai tôt, je trouverai toujours des fleurs pour vous.

Puis, comme il s'inquiète un peu de la voir effrayée et fort pâle, malgré des pommettes rosées, il lui déclare :

— Par pitié, allez, dormez en paix. Marguerite, voyez-vous où j'en suis ? Vous me feriez parler presque comme un curé. Demain, je vous présenterai aussi Léonie, mon ânesse, elle vous enchantera. Connaissez-vous ce poème de Francis Jammes : « J'aime l'âne si doux, marchant le long des houx, il prend garde aux abeilles et bouge ses oreilles... » ? Connaissez-vous la chute du poème ?

Elle ne répond pas, intimidée. En fait, elle ne connaît ni Jammes, ni le poème. Il est un peu fatigant à la tester sans cesse.

— « Ses yeux sont en velours. Jeune fille au doux cœur, tu n'as pas sa douceur. »

Un reproche à Marguerite ? À qui s'adresse-t-il ? À ses divinités, ses âmes du logis.

— J'ai une passion pour les ânes. Si souvent maltraités, ils représentent toute l'humanité. Ils souffrent en silence, au service des Hommes. Voyez-vous, je ne suis pas comme Descartes, à considérer les animaux comme des machines. Pour moi, ils sont nos « collaborateurs d'en bas », nos amis. Ils doivent avoir droit de cité.

Clemenceau ne peut jamais s'empêcher de théoriser, quitte à épuiser son entourage et troubler une scène d'amour. Un tourbillon pour Marguerite : Montaigne, opportun, certes. Victor Hugo, bien, Francis Jammes, pourquoi pas ? Mais Descartes, à cette heure ! Est-ce bien raisonnable ? Elle en est un peu désorientée. Il conclut :

— Pardon, pour mes envolées et mes emportements, ce n'est ni l'heure, ni le moment.

Je dois être parfois quelque peu rebutant, pour une jeune femme comme vous. Mais, vous le savez, c'est à ce prix que je réussis à ne jamais m'affaisser. Souriez, Marguerite, la vraie vie vous attend. Je tente d'être pour vous une forme de tuteur, comme on en utilise pour ces plantes si belles mais qui n'ont plus la force de s'élever vers le ciel, alors qu'elles en auraient le devoir. Un morceau de bois auquel ces plantations vivaces se raccrochent pour ne point s'écrouler, et surtout prospérer. Je veux pouvoir vous contempler heureuse. Je ne sais que rarement être doux. J'ai perdu l'habitude de la tendresse, je ne suis même plus certain de l'avoir, un jour, pratiquée. Je vais tenter pour vous... J'ai eu, j'ai, j'espère, avoir encore d'innombrables combats, c'est ainsi seulement que je peux vivre. En ayant l'impression, peut-être l'illusion, de ne jamais déserter, et d'être encore utile, et notamment pour vous. Je ne fais que vous rappeler que pour pouvoir mourir, il faut avoir vécu. Vous êtes en bonne voie. Je sais que vous souffrez. Mais battez-vous, c'est là notre grand devoir. Il faut aimer, il faut croire, il n'y a pas d'autre secret dans la vie. Souriez, Marguerite, vous êtes faite pour le bonheur. Je vous embrasse du plus profond de ma vieille âme. Mais j'ai parfois l'impression d'être le plus jeune de nous deux. Tentez de me faire mentir.

Journal de Marguerite

Il fait beau ce matin, et j'ai bien dormi. Je n'ai pas pensé, pas rêvé. Je me suis réveillée sans bien savoir où je me trouvais. Et, je dois me l'avouer, j'étais un peu confuse. Il m'a fallu ce brin de toilette, on ne peut appeler ça autrement, et ces vaines tentatives afin d'élaborer un vague chignon, pour comprendre ce qui m'était arrivé. C'est le soleil aux persiennes qui m'a permis de reprendre mes esprits.

J'aurais dû sans doute, hier, le repousser un tant soit plus. Mais cela restait de bon aloi. J'étais fatiguée. Sa chaleur, son entrain sont reposants, sa solidité est pour moi un réconfort. Je me suis sentie comme à l'abri. Nous allons partir en promenade. Pas trop le temps d'écrire, puisqu'il est urgent de vivre, comme il dit. Je vais quand même prendre un moment afin d'adresser une lettre à chacun de mes enfants. Nous les posterons sur la route de Sainte-Hermine. Là-bas, il a son monument, je lui ai demandé de me le montrer. Avant, nous avons rendez-vous avec Léonie, son ânesse, sa passion de toujours, son modèle de femme ?

J'ai un peu peur de l'accueil et des sourires de Clotilde et d'Albert quand je vais arriver au petit déjeuner. Même si je sais qu'ils seront bienveillants. Et lui, que va-t-il dire ? Il se moque souvent de la finesse de mes nerfs, comparée à la solidité des siens. Comme il me l'a écrit, « Sous mon modeste costume, mon petit intérieur flambe comme une fournaise. » J'en ai fait quelque peu l'expérience, hier. Il m'a promis de me raconter son voyage en Libye, cette « tripotée de lions, d'éléphants, de gazelles et d'oiseaux flamboyants ». L'Égypte sera également au programme. Il dit détester les pyramides, mais adorer le Sphinx et sa « fierté farouche » qui fait de lui « un morceau de la nuit des temps ». Il n'apprécie pas Toutânkhamon, il le trouve trop tape-à-l'œil, personnellement j'aime bien. Il a des avis sur tout, alors que moi, je n'ai vu toutes ses merveilles qu'en photo. Nous n'échapperons pas, demain, à la Grèce, il en revient toujours à elle. On dirait Fernand. Mais je m'égare encore.

Et puis, j'ai entendu quelques horreurs à propos de son mariage, et surtout sur les conditions de son divorce. Je vais tenter aujourd'hui de savoir quelle fut vraiment sa vie. Il a été marié, avec une femme dont il ne parle jamais, il détourne sans cesse la conversation quand je veux l'évoquer. J'ai cependant quelques petits indices. Elle s'appelait Mary, était américaine. Je crois qu'elle a disparu, il y a peu de temps. Ses enfants, eux aussi, se refusent à mentionner ne serait-ce que son nom. À croire qu'ils ont choisi de n'en avoir aucun souvenir. Comme c'est étrange. Il doit y avoir un mystère bien épais derrière tout cela.

Lui me prodigue ses conseils sur l'amour, le mariage et la vie, semble tout savoir, à propos de la maternité, de l'enfantement. Il a également des idées très arrêtées sur le divorce. Il raconte qu'avoir une descendance est certes un bonheur, mais surtout une source de tracas et de soucis, pour l'éternité. Il est bien désillusionné. J'ai du mal à l'imaginer autrefois dans le rôle de père. Cela ne me semble pas être un de ses principaux talents. Il lui faudrait pour ça accepter de passer la main, de ne plus être le centre de la famille, en fait de ne pas être le centre de tout. Je connais ses trois enfants, mais ils sont déjà âgés, tous au moins de dix ans mes aînés. Madeleine, Thérèse et Michel, nous nous voyons souvent. Mais je me rends compte que je ne sais rien de leur jeunesse. Ils fuient toute confidence. On prête aussi à Georges plein d'enfants « à l'extérieur », qu'on reconnaîtrait à leurs traits de Kalmouks, c'est son petit-fils Georges qui utilise l'expression. Ce dernier précise avoir croisé dans certains salons illustres des doubles de lui-même, avec ces yeux bridés, ce teint qui tire vers le jaune, des signes, dit-il, qui ne trompent pas. C'étaient souvent des descendants de grandes familles. Mais les gens sont tellement malveillants, est-ce bien la vérité ? Moi, je ne lui ai rien caché. Lui, toujours en verve sur la guerre, intarissable sur la politique, est muet sur ses jeunes années. Je vais lui demander des précisions, au nom de la « réciprocation » qu'il exige. Il me le doit. Peut-être acceptera-il de me dire quelle fut sa véritable vie ? La vraie, pas la légende. Cela n'est pas gagné d'avance, même s'il devrait, ce matin, être bien disposé. Mais ce dont je suis sûre, c'est que dans quelques minutes, malgré le soleil, nous allons arpenter la Vendée. Il a tout organisé, tout régenté. Comme d'habitude, je vais suivre son programme à la lettre. Cela promet d'être épuisant, mais quand je repartirai, j'aurai réussi à savoir presque toutes les choses qu'il tient tant à me cacher. Ou peut-être me fais-je des illusions ?

Chapitre 11
Le grand jeu

Tout le monde me dit que sans mon âge et ma barbe blanche, j'aurais l'air d'une petite jeunesse de vingt ans.

Georges CLEMENCEAU,
lettre à Marguerite.

— Bonne journée, madame.
— Bonjour, Albert.
— Le président est allé se promener sur la dune, il ne voulait pas risquer de vous réveiller en faisant trop de bruit. Il s'est levé très tôt, il m'avait l'air très bien en point. Votre thé est servi.
— Merci, mais restez près de moi, s'il vous plaît, Albert, et racontez-moi les Indes et ses exploits...
— Le tigre ? Oh, non, madame, le souvenir qui me ravit le plus n'est pas avec le tigre, même s'il m'a évité d'être dévoré. Il m'a sauvé

la vie. La vraie histoire, c'est avec un sultan et cela pourrait vous faire rire.

— Osez, Albert, si cela peut me distraire ; c'est ce qui me fait le plus défaut dans la vie.

— Bien, madame, je profite de son absence, car cette histoire, il ne vous la dira pas. Le président était l'hôte majestueux, respecté et fêté d'un grand dîner, organisé en son honneur par le sultan de Solo. Trente plats, 1 500 invités, des éléphants, des danseuses, des feux de Bengale, des rabatteurs de tigres, je n'ai jamais vu ça. Car la réputation du Patron allait bien au-delà du Gange, jusqu'aux confins de la Birmanie ! Nous nous préparions pour cette fête insensée, quand, soudain, le vizir empanaché, une sorte de grand ministre pour eux, vint nous voir, raconte Albert, à sa façon.

Clotilde s'est rapprochée pour tout bien écouter. Elle ne se lasse pas de cette histoire, Albert y ajoute sans cesse de nouveaux détails.

— Il serait de bon ton, nous dit alors le vizir, que le président l'interroge – car c'est la coutume à chaque célébration – sur sa plus grande fierté, à savoir son nombre d'enfants : cent deux !

Albert, très pragmatique, commente :

— Bien sûr avec beaucoup d'épouses, ils ont le droit là-bas, mais est-ce vraiment une chance ?

— Reprenez, Albert, dit Marguerite, soucieuse d'éviter les digressions sur les bienfaits, ou non, de la polygamie.

Albert se relance avec de grands gestes, sa voix devient alors dramatique :

— Le vizir se fait soudain presque menaçant. Il faudrait, vous devez l'orienter sur sa nombreuse famille, il a eu 300 femmes et 102 enfants. L'instruction était claire, et sans appel. Mais tout le problème avec lui, vous le connaissez, c'est qu'il déteste les ordres, et je sens bien, à ce moment, que ça va mal tourner. Le président promet, alors, d'y réfléchir, mais moi je vois briller dans son regard la flamme annonciatrice de ces coups fourrés qu'il affectionne tant.

Marguerite est au théâtre.

— Ce soir-là, reprend Albert, c'était comme une fête des *Mille et Une Nuits*. J'avais vingt-cinq ans à l'époque et je me souviens de tout. Le président est placé à la droite du maharadjah. Après dix plats et juste avant le curry d'agneau (Clotilde fait la grimace, dégoûtée, mais Albert poursuit), un curry sublime, avec des épices pas de chez nous, des plantes de leur pays, pas flottant dans quelques légumes, une sauce, certes, bizarre, mais j'en ai encore le fumet au nez…

— Allons, Albert ! s'impatiente Clotilde.

— Bref, le sultan porte un toast à la France, et se penche, rayonnant, vers le président. Il lui demande : « Vous êtes marié ? Pardonnez-moi cette familiarité. – Oui, répond Clemenceau. – Combien avez-vous d'enfants ? », enchaîne le sultan. C'est le moment, bien sûr, que je redoutais, j'étais juste derrière eux. « 103 », répond, imperturbable, le Patron, « et vous ? ». Soudain, le front de notre hôte s'assombrit, furieux sous son diadème et ses aigrettes. Le reste du dîner fut glacial, et notre voyage écourté. Mais notre président était aux anges. Il avait, encore une fois, semé la zizanie, juste pour la joie.

On ne peut plus arrêter Albert, il est grisé, devient intarissable sur les facéties de son patron.

— Si je me permettais, madame, je vous raconterais ce qu'il a osé dire à l'épouse du gouverneur du Soudan, mais je ne suis pas sûr que cette histoire convienne à une grande dame comme vous.

Bien évidemment, Marguerite le relance :

— Osez, Albert, vous me rendez impatiente.

— Eh bien, c'était en 1920, le voilà qui pénètre dans les salons du gouverneur du Soudan, à Khartoum. Il était alors accompagné d'un de ses amis, le docteur Wicart. La journée était torride, le salon magnifique, des plantes flamboyantes, des domestiques costumés partout. L'épouse du gouverneur, une très jolie lady, magnifiquement habillée, lui tend alors sa main qu'il baise délicatement. Elle le questionne sur son voyage. A-t-il aimé le pays ? ses magnifiques paysages ? A-t-il fait de fabuleuses rencontres ? Et le voilà qui s'enflamme soudainement, en anglais, et conclut gravement, alors qu'il tient encore la main de la femme du gouverneur serrée contre son cœur :

— Oui, c'est une contrée magique et j'ai pris une décision solennelle et irrévocable.

Il fait une pause ; elle attend, fascinée.

— Je vais me convertir à l'islam.

La dame ouvre de grands yeux, ses cils vrillent, elle s'accroche soudain à son collier de perles – et je peux vous dire qu'il y en avait beaucoup –, manque de renverser son thé à la menthe sur le Patron. Imperturbable, il enchaîne, la fixant droit dans les yeux :

— C'est Wicart qui se fera circoncire, et c'est moi qui dirai les prières. La dame du gouverneur en est restée, vous me passerez l'expression, comme deux ronds de flan. Elle n'a pas beaucoup ri, Wicart était tout rouge, et le président m'a fait un clin d'œil. Il était ravi de son effet. Vous voyez qu'avec lui, on ne s'ennuie jamais.

Mais Albert s'arrête là, comme pris en flagrant délit.

— Madame Marguerite, enchaîne-t-il vite, je vois le président qui revient, il est couvert de fleurs. Ce doit être pour vous, mais, promis, juré, je ne vous ai rien dit.

Clotilde hausse les épaules, Albert est si fier de son petit numéro. Marguerite jure d'être discrète, elle s'est bien amusée. Georges arrive, sautillant avec ses roses, ses iris et d'autres fleurs aux appellations étranges, car il les nomme toujours en latin. Il n'a pensé qu'à elle depuis la nuit passée. Elle reçoit le bouquet, en accepte l'augure, un saut dans sa chambre pour le placer sur sa si petite table de nuit.

Elle revient. Elle sait qu'elle va avoir droit aux honneurs du jardin, c'est devenu un rituel obligé. Elle va devoir, encore une fois, avoir du répondant. En matière de fleurs, Monet et lui se parlent en langage secret... Elle ne fait pas partie du cénacle. Il lui présente alors Esnard, son jardinier (Georges lui murmure à l'oreille, moqueur, que sa femme un peu trop portée sur la bouteille le bat fréquemment, mais qu'il garde malgré tout bon moral).

— Savez-vous, Marguerite, comment je l'ai recruté ? Albert m'avait dit : « J'ai trouvé quelqu'un, mais il est buveur, querelleur, cabochard, batailleur. » Courez vite le chercher, lui ai-je répondu, c'est exactement l'homme qu'il me faut.

De fait, ils semblent s'entendre à la perfection.

Puis, comme annoncé la veille au soir, ils se dirigent vers l'enclos de Léonie, son ânesse.

— Je l'ai baptisée ainsi en souvenir de la maîtresse de Gambetta : regardez ses grands yeux humides, sa langue chaude et son poil luisant. Elle est d'une vaillance extrême, c'est elle qui a tiré ma carriole, des heures entières, pour transporter mes mille cinq cents livres et fournir ma bibliothèque vendéenne, celle que vous avez admirée dans mon couloir. Pour remercier Léonie, j'ai voulu lui faire porter des fleurs. Albert m'en a dissuadé, il disait qu'elle en avait déjà tant autour d'elle. Il m'a surtout pris pour un fou, mais elle le méritait. Elle m'est d'une fidélité extrême, ce n'est pas si fréquent, et elle me parle à sa façon. Nous sommes allés, l'autre jour, Léonie et moi, enterrer un marsouin qui s'était échoué sur la côte. Ce sont des processions à ma manière, pas à la façon des curés. J'ai une respectueuse estime pour les bêtes. Mais Henriette, mon ânesse d'avant, m'avait causé bien des soucis, elle ne savait pas trotter. N'est-ce pas bizarre, madame, pour un âne ?

Fin du monologue.

— Oui, sans doute, répond Marguerite, un peu décontenancée.

— J'avais tenté, en vain, de lui donner des cours de trotterie. Elle est restée butée. Elle n'était pas bien douée. J'aurais dû m'en douter, j'avais choisi de lui donner à elle le prénom de la femme de Poincaré, Henriette, un bien mauvais présage.

Marguerite fait mine de sourire, mais elle connaît cette histoire par cœur. Il fait des moulinets avec sa canne ; le voilà parti pour sa séance de démonstration horticole.

— Il y a dans ce jardin cette espèce rare d'épilobes et de tricophylles, ainsi que des salpiglossis. Monet m'a fait l'autre jour porter un panier d'aubriètes mauves, vous les voyez là-bas. Nous avons aussi échangé des graines de kochia, la couleur en est si belle, ils iront bien avec mes gynériums.

Pour le commun des mortels, les gynériums sont des plumets, Marguerite n'a pas tout suivi. Elle sait toutefois reconnaître les hortensias, et les glaïeuls à l'occasion. Elle repère très bien, en revanche, les mottes de sable pleines de goémon luisant qui la font chanceler. Elle se cramponne à son bras. Il adore, et avance, royal, la canne levée. Marguerite reprend son souffle. Elle a failli chuter mille fois. Elle bute du pied contre une bassine de zinc posée à même le sol. Il s'emporte.

— Faites attention, voyons ! (Le voilà redevenu bougon.) C'est une de mes constructions ! J'ai fait des petits bacs avec du liège pour que les oiseaux puissent s'y poser et boire tout en tranquillité, mais il n'y a qu'un malheur, c'est que tous les hérissons du pays viennent se noyer là-dedans. Il y en a encore hier trois qui ont fait la culbute. J'ai bien étudié le sujet, il me faut revoir mon dispositif et ma tactique.

Il est intarissable sur ce genre d'anecdotes, y met autant de cœur que s'il s'agissait d'élaborer un guet-apens militaire.

On ne peut plus l'arrêter. Il a parmi ses amis, raconte-t-il encore à Marguerite, un charmeur d'oiseaux. Ce Monsieur Plocque de La Rochelle, un peu perché, qui sait faire accourir tous les oiseaux sur son chapeau. Ils vont jusqu'à attraper des miettes de pain entre ses dents. Des mésanges, des chardonnerets, des merles, des bergeronnettes, et surtout des pies joyeuses. Clemenceau lui raconte avoir adopté une corneille, qu'il appelle Margot ou « la demoiselle emplumée ». Elle est censée faire fuir chiens et chats pour protéger ses oiseaux. Bon. Bref... Elle s'ennuie un peu.

— Plocque leur parle, grâce à des sifflements, en émettant d'étranges bruits reconnus par les seuls volatiles, conclut-il.

Marguerite lui trouve alors des accents et des airs de très vieux monsieur. Son père aussi, à la fin de sa vie, se plaisait à nourrir les pigeons. Ils reprennent leur marche dans le jardin.

Mais, soudain, c'est un autre Clemenceau, le lyrique, qui lui fait finir le tour du propriétaire. Il est encore enflammé, car ce matin, il lui raconte avoir écrit à Monet pour l'attirer chez lui, en Vendée. Cette fois, espère-t-il enfin, avec succès. Son passionné de peintre n'y est venu qu'une seule fois, c'était en 1921. Il voulait déjà, il y a longtemps, l'entraîner en Inde à ses côtés, mais Monet a toujours refusé. Il ne veut que peindre et reste constamment à Giverny. Ce sera toujours à Clemenceau, qui ne peut vivre longtemps loin de lui, de se déplacer. Il lit alors à Marguerite des passages de la lettre censée subjuguer son ami. Il la sort de son paletot, la déplie consciencieusement. Manifestement, même ou surtout à 6 heures du matin, il était fort en verve.

— « Mon cher vieux frère, mon vieux cœur, mon pauvre éberlué, lit-il à Marguerite, j'ai commandé des bleus sur la dune grise et des gris cendrés pour la voûte bleue. Si vous pensez qu'un peu de vert pomme est nécessaire, je ferai venir des perroquets ; enfin pour le rose de la mer, je commanderai des rougets. Je voudrais vous embrasser et vous dire de plus en plus que je vous aime. Vous m'avez appris à comprendre la lumière. Vous m'avez ainsi augmenté. Mes yeux ont besoin de votre couleur, et mon cœur est heureux. Peignez, peignez toujours. J'embrasse votre vieille barbe jaunie par la fumée du tabac.

Il lui lit aussi sa conclusion, plus prosaïque :

— « Si vous ne venez pas, vous ne saurez jamais ce qu'est le bouillon de choux Trèbes... Le reste vaut-il la peine de vivre ? »

Marguerite en pâlit de jalousie. À croire que l'amitié pour lui est plus essentielle que l'amour, et elle voit juste. Elle aurait tant voulu être la destinataire de cette déclaration d'amour imagée. Son Monet, il lui passe tout, à croire qu'il en est fou. Il se dit lié à lui par une « invincible chaîne ». Tout le monde n'a pas cet honneur, déplore-t-elle intérieurement. C'est la réalité. Elle n'a pas bronché, n'a sciemment pas dit un mot. Il la regarde sournoisement, étonné de ne pas recevoir de nouveaux compliments. « Oui, je sais, il ne m'est pas donné de faire du Chateaubriand. » « Oh, mais si, Georges, c'est magnifique ! »

Le président a toujours été un peu complexé. Il aurait rêvé d'être un grand écrivain, ou mieux encore un poète, à défaut d'un peintre de génie. Mais pas question de minauder ou de traîner avant le déjeuner, il sort sa petite montre dorée de son gousset, il faut se hâter lentement.

Ce sera Sainte-Hermine dans la Rolls et ses hoquets. Au passage, il précise le menu du jour, bar et pommes de terre sautées, car les légumes verts ne sont que rarement, pour lui, des signes de fête. Il se fera une raison de manger cette saine tristesse, les jours où il sera seul. Puis il annonce à Brabant qu'il pourra prendre son après-midi, pour rejoindre sa fiancée Marcelle.

— Ne la délaissez pas trop au profit de ma vieille carcasse, il faut être toujours un bon époux.

Une déclaration fort cocasse quand on connaît les démêlés matrimoniaux du président.

— Albert, prenez modèle sur les fonctionnaires, ce sont les meilleurs maris.

Son majordome, qui le connaît, sait déjà que c'est dans la chute que viendra la perfidie et se laisse prendre au jeu :

— Sans doute, monsieur, mais pourquoi ?

— Car quand ils rentrent le soir à la maison, ils ne sont pas fatigués et ils ont déjà lu le journal.

Il a même réussi à faire sourire Marguerite. Maintenant, à cheval !

Ils partent voir le monument à la gloire de Clemenceau, à Sainte-Hermine, œuvre de Sicard. C'est lui qui a choisi le sculpteur, même s'il décrète ne pas trop aimer cet hommage et fait le modeste. Mais elle a tellement insisté pour le voir qu'il s'est fait une douce violence. Il n'est pas si fréquent d'inaugurer son propre monument aux morts, surtout de son vivant. Il avait accepté de présider cette cérémonie à sa gloire, mais l'avait voulue, dit-il, très modeste, en forme de kermesse villageoise – c'était en 1921. Et ce à quoi il tenait avant tout, ajoute-t-il, c'est à y figurer aux côtés de *ses* poilus. Ça, elle l'a bien compris à force de l'entendre. Ce devait être surtout leur mémorial à eux. Sicard a obtempéré. Il enchaîne :

— C'est comme à la signature du traité de Versailles, ce 28 juin 1919, j'ai invité, imposé même, les gueules cassées. Ce n'était pas au programme de nos aimables diplomates. Certes, ce n'était pas bien beau à voir, « ces grimaçantes figures de l'infernale tragédie, les yeux exorbités, mâchoires tordues, visages ravinés de balafres »... Je voulais leur dire : « Ce n'est pas vous qui comparaissez devant nous. C'est nous qui nous présentons à votre barre. » Pauvres soldats, si jeunes, représentant leurs camarades d'horreur.

Et quand Clemenceau est entré dans la galerie des Glaces, à Versailles, c'est à eux qu'il s'est d'abord adressé pour leur dédier la paix. Ils connaissaient, eux et lui, la réalité de la guerre dans ses pompes et dans ses œuvres. Il en a aujourd'hui encore le regard troublé. Il en oublierait Marguerite. Il effleure une des statues de la main.

— Vous savez, je n'ai rien demandé, c'est une souscription auprès des Vendéens qui l'a payée.

Il fait alors le coquet et joue l'humilité.

— Je vais vous raconter mes démêlés avec les sculpteurs, c'est une longue histoire qui s'est toujours mal terminée. Ce Rodin, cet Auguste Rodin ! Ce radin, occupé avant tout à faire des affaires, il était bête et vaniteux... Il m'a sculpté en 1911, il m'a raté, m'a fait une tête de vieux grognard. J'ai refusé qu'on expose mon buste, qui était surtout le sien, dans la moindre exposition, et encore moins au salon de 1913. Cette horreur a fini dans un buffet, vous m'entendez, *dans* et non *sur* un buffet. Chez moi, en fait. Il est enfermé dans une armoire dont j'ai opportunément perdu la clé. Je n'ai aucune vanité, mais si je dois survivre, je ne veux pas que ce soit sous l'aspect que Rodin a imaginé.

Il le déteste en réalité pour tant d'autres bonnes raisons, ce Rodin qui n'était pas franchement dreyfusard... Il oublie de mentionner au passage qu'ils ont été amoureux de la même femme et qu'il n'est pas ressorti vainqueur du duel.

— Quant au prince Paul Troubetzkoy, lui, le soi-disant Rodin russe, il a aussi tenté de me sculpter. Quand j'ai vu le résultat, je n'ai pu m'empêcher de lui dire : « Je savais que j'avais une sale gueule, mais tout de même pas à ce point. » Vous ne me trouvez pas si vilain, Marguerite ?

Elle lève les yeux au ciel. Et puis, reprend-il :

— Ces séances de pose m'ont toujours accablé. Dix-sept séances avec Godard, un autre sculpteur, il m'avait dit : « Ce que je recherche, c'est à mettre beaucoup d'énergie et de force dans le haut du visage et dans le bas, une expression dédaigneuse, semblant dire “laissez-moi tranquille et fichez-moi la paix”. » Je lui ai répondu : « Votre programme me séduit assez, et surtout le fichez-moi la paix. »

Il grogne de plaisir, sa tirade l'a un peu essoufflé, et attend la réplique de Marguerite.

— Vous êtes toujours intraitable, ponctue-t-elle, admirative.

Mais il la trouve un peu lasse, et rebondit aussi sec, comme à la Chambre des députés ; il sait lire son auditoire, sent quand le « mou » s'installe. Il veut la tenir en haleine pour ne jamais la perdre.

— Je vous fatigue, madame, avec mes souvenirs de vieux barbon. Je vais juste vous faire une confidence, ces sculptures, finalement, je m'en moque. J'aurais surtout rêvé d'avoir mon portrait par Goya. Il a cette noirceur lumineuse, et cette profondeur à la fois. Il transcende tout. Mais il était déjà mort quand je suis né. Lui ne m'aurait pas raté !

Marguerite, à l'écouter, trouve soudain qu'il manque un peu de modestie. Mais ils ne s'attardent pas. Ils repartent en trombe dans l'automobile, survolent les nids-de-poule, vitres ouvertes pour absorber l'air iodé, et surtout pour ne pas rater l'heure. Et pour que le spectacle du déjeuner soit réussi, Clotilde et Albert font volontairement durer le temps, s'adaptent, au risque d'un plat brûlé, d'un poisson trop cuit, afin de se plier au rythme du discours du maître des lieux. Mais par-delà cette sorte de forfanterie, Clemenceau a institué une règle. Quand son déjeuner, à lui, à eux tous, est fini. Clotilde s'attable à son tour, en maîtresse des lieux. Et c'est Albert qui la sert, en majesté.

Marguerite, pendant ce temps-là, va faire la sieste, dans sa petite chambre, à quelques mètres de celle de Georges. Lui aussi se repose. Ils se séparent quelques heures, avant de se retrouver pour les causeries sérieuses programmées pour le milieu d'après-midi. Ils seront seuls, et pourront parler d'eux. Le sujet préféré des amoureux. Dix-sept heures, c'est l'heure du thé. Il fait doux, le président s'affaire pour la servir au mieux. Là, point de domesticité, c'est lui le maître de cérémonie. Il en rajoute, il est censé maîtriser l'art du thé. Il la bassine avec le Chanoyu et le Chadô, autant de coutumes ancestrales japonaises qu'il lui explique avec précision. Elle apprécie le thé, mais pas au point de passer une heure à apprendre le moindre détail sur ce rituel, ou encore à disserter sur la température optimale de l'eau ; 90 degrés mieux que 100, c'est certes passionnant, mais elle s'en moque éperdument.

Elle est légèrement « ailleurs », même si elle s'applique à admirer ostensiblement ses antiques théières, rapportées de ses lointains voyages. Une fois encore, il se veut le chef, le maître des pots de thé. Il la sert, et, bien sûr, en renverse à côté, tache la robe de Marguerite, râle et s'excuse. Elle remarque que sa dextérité est hasardeuse, et que ses doigts sont un brin boudinés. Pour rompre le silence, et la gêne, il lui raconte avoir parcouru, à la sieste, une biographie de Catherine II de Russie. La conclusion de Clemenceau tombe dans un silence assourdissant.

— Elle a dévoré bien des hommes, a eu de multiples amants après avoir assassiné son mari, et ça c'est très bien. On peut attendre de grandes choses d'une femme qui se résout à des gestes aussi catégoriques.

Est-ce la meilleure façon de nouer la conversation et de lancer le badinage, avec la si distinguée Marguerite ?

Elle en reste muette. Veut-il la choquer ? Le thé est devenu froid, une offense au rituel. Elle le déguste sans plaisir, l'avale vite fait. Elle se souvient aussi de ce qu'il lui avait dit à propos du roi d'Angleterre, Edouard VII. Ses innombrables maîtresses étaient, pour lui, de bon augure. « Avec les grands noceurs, il y a toujours de la ressource. » Voilà pour cet aperçu de la monarchie. Il la regarde avec douceur, sait avoir été un peu cavalier, et change de registre.

— Ce que j'aime chez vous, Marguerite, c'est votre silhouette si fine, comme si vous n'étiez qu'un esprit féminin virevoltant, une ombre légère, mais si lumineuse, et toute en élégance. Les femmes hommes, je ne supporte pas ça, j'ai l'impression de fréquenter des femmes à barbe. Vous êtes si profondément différente, pas comme les Allemandes.

Voilà ses obsessions qui le reprennent, pas forcément d'une exquise finesse, et assurément pas la meilleure façon de faire sa cour. Elle le sent, il va s'en donner à cœur joie. Il a sa méchante lueur dans l'œil. C'est bien vu, il attaque.

— Quand j'allais en cure à Karlsbad, il y avait beaucoup d'Allemandes. J'ai été effrayé par leur audacieuse rotondité abdominale qui fendait insolemment la foule. Elles avaient de gros pieds massifs, des ajustements de soie criarde, couleur épinard, bref, elles étaient tellement grosses que quand elles allaient dans leur baignoire, il n'y avait plus de place pour l'eau. Ces Allemandes qui rient avec la grâce d'une génisse qui braille.

— Georges, vous êtes épouvantable, et pourquoi toujours en revenir aux Allemands ? N'est-ce pas le temps de faire la paix avec eux, nous avons vécu tant d'horreurs, les Français en sont épuisés !

— Marguerite, vous êtes une enfant ! répond-il en levant les yeux au ciel. Selon vous, nous devrions nous réconcilier avec eux, pendant qu'ils prépareront la guerre ? Je vous rappelle que pour vivre la paix de bonne foi, il faut être au moins deux. C'est plus fort que moi, je les soupçonne toujours de fourberie, et d'ailleurs j'en ai plein d'indices. Laissez-moi mes obsessions, à vous la candeur. Les femmes ne comprennent rien ou si peu à la guerre ! Mais si je vous raconte leur laideur, c'est pour mieux louer votre si française délicatesse.

La flatterie, un grand classique.

— Je sais que vous me reprochez d'avoir beaucoup aimé les femmes, et que vous feignez de ne pas voir en quoi je vous distingue. Mais vous êtes unique pour moi.

La tactique du président est un peu facile, la recette franchement éculée. Mais comment ne pourrait-elle être charmée, quitte à faire semblant de le croire ? Cependant, elle ne se laisse pas distraire.

— Georges, je voudrais savoir bien des choses, sur votre passé, votre vie.

Il l'interrompt.

— Vous croyez sans doute que tout m'a toujours été facile ? En 1893, les conservateurs de tous bords ont voulu m'abattre, bien des politiciens monarchistes, le clan des cléricaux, les boulangistes ont voulu avoir ma peau. Ils m'ont accusé de corruption, de traîtrise, ont raconté que j'avais déshonoré ma patrie. Ils ont dit que j'étais vendu aux Anglais, que j'avais reçu des sommes énormes pour mon journal *La Justice*, et pour moi-même. Ils ont même fait courir le bruit que j'étais financé par les Anglais pour le compte des Allemands. Ils ont fabriqué des faux documents, des faux grossiers, pour m'abattre. J'ai tout perdu. Ils ont déversé des torrents de boue. Ce fut « une belle chasse, longue et pourtant endiablée, où nul ne s'épargna, ni les valets, ni les chiens, j'entends encore leurs hurlements ».

J'ai été battu aux élections dans le Var. J'étais ruiné. Je me vois encore revenir à la gare de Draguignan, ma circonscription, sous les sifflets, les jets de pierre. J'ai vendu mon appartement, liquidé nombre de mes collections à Drouot, pour survivre. Y compris certains de mes objets japonais adorés. Je n'avais plus rien. J'ai déménagé. J'ai même dû payer le comptable de mon journal en lui faisant don de ma pendule de marbre et de mon fauteuil. J'étais criblé de dettes, trahi dans mes amitiés, lâché par mon parti, suspecté dans mon pays. Même *Le Figaro* s'y est mis. Six mois d'opprobre et de mensonges. Mais le pire, c'est qu'ils m'ont caricaturé, jonglant avec des sacs de livres sterling, c'est déjà Déroulède qui était à la manœuvre. Je n'ai jamais connu une telle campagne de calomnie. Je leur ai répondu, en public à Salernes, ouvrant les comptes de mon journal, ceux de ma propre vie, au franc près... J'en étais humilié et blessé, mais je n'avais pas le choix. Je leur ai répondu : « Où sont les millions ? » J'ai asséné cette phrase pour sauver mon honneur. Où sont les millions ? Personne ne les a jamais trouvés. Moi, un homme d'argent ! Où sont les millions ? Ce n'était qu'un complot. J'ai été ruiné, sali, dégradé. Seul Jaurès m'a défendu. C'était certes un ennemi politique, mais avant tout, et je l'ai éprouvé, un homme d'honneur, et un grand patriote. J'ai toujours pensé qu'il nous a manqué pendant la guerre, il n'était pas de ces politiciens médiocres. Finalement, j'ai été blanchi, totalement innocenté, et totalement déserté. Il m'a fallu presque dix ans pour remonter sur mon cheval. Alphonse Daudet m'avait alors dit : « les calomnies sont la rançon du succès ». Peut-être, mais je ne l'oublierai jamais. Pas un jour sans que je m'en souvienne. Voyez-vous, si je m'autorise à être dur avec les autres, c'est que je l'ai été avec moi-même. Une unique fois, seul et en silence, j'en ai pleuré, mais après je n'ai jamais plus pleurniché. Ma grande faculté d'aller en avant a pour condition fatale le dégoût de regarder en arrière. Je vous invite à en faire de même.

Marguerite est un peu perdue, elle a vaguement entendu parler du scandale de Panama et des déboires de Clemenceau, de ses dix ans de désert traversés, avant de pouvoir reprendre la politique et être élu au Sénat. Mais ce n'est pas ce qui l'intéresse, son obsession est tout autre.

— Laissez-moi vous demander… Vous aviez bien une épouse à vos côtés, pour vous soutenir, au moment de cette si pénible affaire ? Vous avez bien été marié, puisque vous avez des enfants…, réplique Marguerite, tout en douceur et perfidie.

Elle sait qu'il ne lui faut pas le braquer. Là, elle s'est crue habile.

— Oui, sans doute, mais mon ménage était, comment dire, déjà légèrement compromis, cela n'allait pas fort, répond-il. Mais ne parlons pas du passé. Le temps qui nous est imparti sera toujours trop bref. Rien ne sert de ressasser. N'en parlons plus.

C'est pour l'instant un échec. Il lui propose alors d'aller visiter le lendemain « le bois de la folie » dans le bocage, une ancienne forêt sacrée. Il ponctue :

— Cela vous fera du bien, on peut y perdre la tête, vous en avez parfois besoin.

Modérément aimable. Mais elle est têtue, et très déterminée. Elle recentre la conversation. Elle a son plan de bataille : le contourner, pour pouvoir l'obliger à répondre. Quand ses appuis, son flanc gauche seront bien affaiblis, elle pourra l'attaquer et monter à l'assaut. En attendant, ils continuent à effleurer les sujets sans enjeu. Georges opère un repli. Tout est bon pour repousser le moment des aveux. Il multiplie les « hors-sujet ». Comme d'habitude, il se crée des ennemis et, pour gagner du temps, interroge Marguerite sur ses lectures du moment. « Pierre Loti m'a plu », répond-elle et elle a tenté de lire Proust, une fréquentation de Fernand. Elle provoque une nouvelle tirade du Tigre, perpétuel énervé.

— Ah, Loti ! Il était vraiment étrange. Il était venu me voir, maquillé comme une cocotte, avec ses talons Louis XV, cette odeur mi-vétiver mi-eau de rose, les yeux ourlés de khôl. Il souhaitait que j'intervienne en haut lieu afin d'obtenir une Légion d'honneur pour son grand-oncle. Ce que je n'ai pas fait. Il était assez ridicule. Je lui avais alors demandé par deux fois, en guise de provocation, de transmettre mes amitiés à son mari. Il n'avait pas bronché. Mais, paix à ces cendres, il s'est battu pendant la guerre.

Quant à Proust, il l'agace aussi, il n'est franchement pas son genre, en littérature. Clemenceau n'a pas digéré qu'il ait obtenu le prix Goncourt, en 1919, battant son ami Roland Dorgelès et ses *Croix de bois*, récit sur les horreurs des tranchées, et la vaillance des poilus. Ce Proust est pour lui un écrivain salonnard, rien de plus.

— Trois cents pages sur une soirée dans le monde, vous vous fichez de moi, et il y a des gens qui liront ça ?

En littérature, il n'est pas franchement visionnaire, et dans la vie carrément homophobe. Quant à Maurice Barrès, elle ne lui en a pas parlé, pour ne pas le mettre en fureur. Mais il va, malgré tout, avoir lui aussi droit à son couplet. Fernand et Marguerite l'ont hébergé en 1920, aux Alouettes, par solidarité alsacienne et lorraine. Antidreyfusard, Clemenceau et lui se sont affrontés, ce Barrès qui s'était si violemment opposé au transfert des cendres de Zola au Panthéon, le traitant de métèque. Des affrontements politiques certes, mais Georges le prend avant tout – un de plus – pour un imbécile.

— Le malheureux ne comprend rien à rien et promène sur les hommes de grands beaux yeux sans lueur et sans vie. Il fait partie de ces gens qui cherchent une idée pendant les trois premiers tiers de leur vie, et qui une fois trouvée, s'y cramponnent et s'incrustent.

— Georges, vous pourriez être parfois un peu plus aimable, et moins définitif. Barrès est mort et a fini par vous admirer pendant la guerre et Proust a dit de vous que vous étiez un tribun hors pair. Il a même ajouté : « C'est un sacré bonhomme que le père Clemenceau. Comme il sait sa langue... »

Elle se prépare à réattaquer, mais avant, se rapproche de lui, le flatte un peu, pour affaiblir sa garde. Elle prend sa main, il se tait.

— Georges, pourquoi avoir refusé l'Académie française, c'était un hommage à votre hauteur ?

Il rétorque :

— Oh ! Déprenez-vous de cette idée idiote. Je n'y étais admis que par convenance, c'était, après la guerre, une sorte de ticket d'entrée automatique. Un baudet, supposé vainqueur de la guerre, y aurait été acclamé. J'ai refusé. Pas comme Foch, qui a adoré, lui, bénéficier de cet honneur, sans se demander s'il y avait véritablement sa place. Il y est entré alors, scintillant de gloire. J'étais aux Indes, Dieu merci. Et Poincaré a accueilli *son* Foch, en a fait un éloge ridicule, dans son discours de réception. Selon lui, c'était grâce à Foch, et à lui seul, qu'on avait repris l'Alsace et la Lorraine aux Allemands. La victoire, je n'y étais pour rien. Cela n'était pas mon affaire. L'Académie ! Je n'y ai jamais fichu les pieds. Je leur ai renvoyé leurs 80 francs par mois.

Pas moi, pas ça. Ils ont refusé Zola, Alphonse Daudet. Mais il faut leur reconnaître un vrai talent, conclut-il, les yeux plissés.

— Lequel ? interroge Marguerite qui s'attend au pire.

— Depuis de multiples années, ils ont un incroyable flair pour choisir et élire les médiocres pour siéger parmi eux. Ils ont cet art, qui se double d'une véritable vision littéraire, consistant à écarter presque systématiquement les authentiques écrivains. Ils se sont toujours trompés. Ils ont presque toujours élu ceux qui étaient à la mode et ont fini aux oubliettes de l'histoire, de la littérature, sans jamais passer à la postérité. Anatole France n'était sûrement pas à leur hauteur ! Stendhal, Balzac ou Flaubert n'y sont jamais entrés.

En fait, c'est une coterie de vieillards cacochymes. Ils sommeillent avec leur épée d'académicien entre les jambes pour toute marque de leur virilité. Mais voyez-vous, Marguerite, je ne regrette rien. Abrégeons !

De toute façon, je déteste les hommages ; quant aux décorations, je les ai toutes refusées, sauf l'ordre de l'Étoile noire du Dahomey. Et quand on m'a proposé la médaille militaire, j'ai décliné en riant. Moi, un civil qui n'est même pas ancien gendarme, vous vous foutez de moi ? Ces breloques qui affolent les médiocres ne devraient être réservées qu'à ceux qui se sont battus. J'ai toujours ferraillé quand j'étais aux affaires pour que ces décorations ne reviennent qu'aux vrais combattants.

Les morts ont fait les vivants. Les vivants resteront fidèles aux morts. Pas d'imposteurs ! Et quand on m'a proposé d'entrer à l'Académie de médecine, ma seule réponse a été de leur dire qu'à moins d'y siéger dans la section des malades, je ne voyais pas bien ce que j'y ficherais. J'avoue en avoir savouré la réponse, j'ai souvent aimé être odieux, c'est vrai. Mais je vous ennuie peut-être avec ces souvenirs d'ancien combattant. Parlons de vous, de nous. Le temps nous presse. Je vous écoute.

Marguerite enchaîne.

— Vous n'êtes pas odieux, mais pourquoi toujours vous énerver, c'est mauvais pour votre santé.

Ils entendent soudain un brouhaha dans le jardin. Ce sont encore des touristes qui veulent le voir. Il est dans la région une forme d'attraction comme la fontaine miraculeuse d'Avrillé, ou les dolmens. Son jardin n'est pas clôturé, même si une pancarte « Propriété privée » est censée éloigner les fâcheux. Les visiteurs désirent juste l'approcher pour faire une photo, à ses côtés. Il grogne, peste dans ses moustaches, mais quand une jeune fille fait partie du groupe, et quand sa robe est courte, il est soudainement moins intraitable. Tout en maugréant, il est flatté. Il fait quelques clichés avant de les chasser, avec sa canne.

Ses admirateurs sont partis. Marguerite et lui en ont fini avec le badinage. Après le dîner, ils vont passer aux choses sérieuses. Il fait beau, cette nuit… Il lui montre les étoiles, la mer et les fleurs, comme toujours, il se répète. La chienne Kali râle un peu. Sûrement des hérissons, ou des taupes qui l'agacent. Peut-être est-elle simplement insupportée de voir Marguerite capter toute l'attention du Patron. Il caresse Kali, elle se calme. Ils s'installent, Marguerite et lui, sur le fameux banc de quart, les pieds dans les iris. Marguerite n'a pas froid. Georges se sent immortel. Ils vont tenter de faire durer ce moment.

— Vous voilà de nouveau triste, Marguerite. En quoi puis-je vous apaiser ?

— Il s'agit de Fernand, vous pourrez sans doute me comprendre. Le mariage repose sur une fidélité, une communion de valeurs. Je me suis sentie trahie. Je n'ai jamais pu pardonner à mon mari d'avoir écrit à mon insu des vers sur la mort tragique et mystérieuse d'Annette, j'ai eu l'impression d'un viol.

— Marguerite, ne restez pas éternellement dans le passé. À qui donc les épreuves ont-elles jamais manqué ? La vie serait moins belle sans la douleur pour le contraste des joies.

Elle baisse la tête, il l'a encore rudoyée. Elle poursuit malgré tout.

— Mais vous, Georges, vous ne me dites rien. Cela vous est-il arrivé d'éprouver de grands chagrins, de vous sentir seul et trahi ?

Elle attend ses vérités. Le ciel du soir est sans nuages. Elle pense qu'il ne pourra se soustraire à ses questions, elle se trompe…

Il se refuse à trop entrer dans les détails, de peur de l'effrayer.

— J'ai épousé une Américaine, j'ai eu des enfants, j'ai divorcé. Tout cela est bien banal. Mais n'essayez pas, madame, d'éclaircir les voyages transatlantiques de ma jeunesse. Je ne sais même plus comment je m'appelais en ce temps-là.

Elle sait qu'avec son épouse Mary, il a été assez monstrueux. L'histoire est mal connue, l'épisode peu glorieux, caché par son entourage. Dans la version officielle et la légende clemenciste, cette tache sera opportunément oubliée. De fait, l'histoire de son mariage et surtout de sa séparation ne révèle pas de lui son meilleur profil.

Chapitre 12

Un amoureux éperdu, un déplorable mari

Le foyer ne doit pas être un lieu où l'on séjourne mais un lieu où l'on revient.

Henry DE MONTHERLANT,
Le Démon du bien.

Monsieur Clemenceau a toujours aimé les femmes. Sa carrière amoureuse, fort longue, a commencé très tôt, fut toujours tumultueuse, et parfois romantique à souhait. Elle s'est presque toujours exercée hors mariage. Dans la bonne société, on lui a prêté plus de huit cents conquêtes, il n'a jamais démenti. Il se contentait, disait-on alors, de préciser, hâbleur, quand les gazettes et les salons mondains bruissaient de ses conquêtes successives ou simultanées : « me goûter, c'est m'adopter ». Il mettait cela sur le compte d'une fougue de chair à laquelle, déjà enfant, il ne savait résister. Dans ses vertes années, on le disait galant, élégant et gentilhomme, l'escarpin verni, le cheveu savamment ondulé, le favori brossé. Léon Daudet résumait ainsi son profil amoureux : « Il professait, sans le pratiquer, le mépris des femmes, étant un sentimental épistolaire, et un sensuel rapide. » Nombre de ses maîtresses, une fois la passion éteinte, en avaient gardé un excellent souvenir, lui conservant une solide amitié. Elles relisaient souvent les missives enflammées dont Clemenceau les avait gratifiées, il avait toujours eu la plume alerte. Il fut souvent un amant attentionné – doublé d'un épistolier prolifique – mais aussi un piètre mari. Quant à la fibre paternelle, il la découvrira sur le tard. Dans ses vieux jours, il se rattrapera, louant les vertus de la famille et s'occupant avec constance et résignation de toute sa tribu, y consacrant son temps, et ce qui lui restait d'argent. Mais plus jeune, coureur de jupons, il excellait surtout dans le marivaudage, la fidélité n'était pas sa vertu première. Il ne s'en est d'ailleurs jamais caché.

C'est plutôt son comportement étonnamment sordide à l'occasion de son divorce qui ne cadre pas avec le reste de son caractère, ni avec les règles de vie qu'il s'était fixées, et encore moins avec le respect qu'il disait éprouver pour les femmes. Il avait fréquemment dénoncé leur oppression jusqu'à partir en guerre contre le corset, « un abominable objet de torture ». Comme il l'écrivait dans ses journaux, « j'espère que la femme du XXe siècle s'émancipera de notre tutelle ». Sa pratique du mariage fut bien éloignée des idées qu'il défendait.

S'il ne s'est jamais étendu sur le sujet de son divorce, ses amours, elles, pourraient faire un roman. Sa première conquête est dûment répertoriée dans ses écrits. Elle a vingt ans, il en a alors six ou sept, frise l'âge de raison. Il a déjà une prédilection pour les rousses, censées avoir du caractère et être fort sensuelles. Il raconte alors avoir eu un profond béguin pour une paysanne vendéenne, couverte de taches de son, de rousseur comme on dit à Paris, dénommée Fleur de Froment. Et quand on le connaît, on n'est pas étonné d'apprendre qu'il s'agissait forcément, ainsi qu'il le raconte, de « la plus jolie fille de son village ». Il ne pourrait aimer un laideron. Elle est « grande, bien prise, les cheveux roux, les prunelles fauves, d'une fraîcheur lactée ». La promesse de bien des plaisirs. Leur écart d'âge n'est en aucun cas pour eux un problème. Il a toujours eu le sang chaud et, à l'entendre, vantardise ou réalité, « dans nos embrassades, cela ne nous gênait ni l'un ni l'autre ». Petit amoureux précoce et fort déluré, il reconnaît avoir eu une jeunesse délicieuse, et « éprouvé fréquemment ce désir violent qui mettait ses moelles en sursaut ». C'était un âge d'or, où « en ce temps-là, les petits n'étaient pas très raisonnables, ils avaient le nez insolent, la bouche mordante et du bon soleil dans les yeux ». Il était ainsi.

À l'adolescence, grâce à la complicité d'une arrière-cousine de son grand-père chez qui il est supposé découcher, à la Vachonnière – il sait très bien s'organiser –, il peut presque sans entrave aller courir le guilledou, échapper fréquemment à la vigilance familiale afin d'aller, très souvent, « faire la noce avec des créatures ». Les cabarets borgnes ne l'ont jamais effrayé. Le Clemenceau devenu grand-père donnera d'ailleurs 200 francs à chacun de ses petits-fils, qui viennent d'obtenir leur baccalauréat, pour qu'ils puissent passer la nuit, chacun, avec deux « bonnes amies ». Il ronchonne parce qu'ils viennent encore, dit-il, « le taper », même s'il n'est pas radin. Toutefois, il y met des conditions. Ils devront, en échange de ses largesses, dès le lendemain matin, se présenter à 8 heures pour lui faire un fidèle compte-rendu de la nuit. Ils s'exécuteront finalement à 10 heures. Il écoutera leur récit, en retard, mais avec délectation. Comme lorsqu'il enverra ses petits-fils voir Mistinguett aux Folies Bergère (ça les changera de la Comédie-Française !) en compagnie de Madame Viviani, la femme du ministre du Travail. La dame fort prude déplore cette initiative, même si elle obtempère – Clemenceau est alors président du Conseil. De l'art d'être grand-père.

Des femmes de petite vertu, pour commencer dans la vie (il les défendra toujours par la suite, face à ce qu'il dénonce comme l'hypocrite attitude des bons bourgeois), puis un grand classique : une liaison avec une amie quarantenaire de sa mère, une pianiste, auprès de qui il va parfaire ses classes. Il n'ira pas très loin en piano.

L'histoire officielle relate que sa mère adorée, Sophie-Emma, n'ayant pas trouvé cette liaison du meilleur goût, Georges fut confronté au tribunal familial, et dut rompre immédiatement. Il aura le temps de se rattraper.

Mais sa première passion de cœur sera un véritable échec, une blessure, une humiliation qu'il ne pardonnera jamais à la jeune fille en question. Il en voudra peut-être aussi toujours un peu aux femmes, blessé et vexé par ce douloureux début en amour. Elle s'appelle Hortense Kestner, elle est forcément belle, mais malheureusement aussi très riche et extrêmement bien née. Fille d'un grand industriel alsacien, c'est son meilleur ami Auguste Scheurer-Kestner qui lui a présenté sa jeune belle-sœur. Georges débarque à vingt-deux ans dans leur propriété familiale à Thann, en Alsace. À vingt-trois ans, elle a tout pour lui plaire, elle qui a jusqu'alors repoussé le moindre soupirant – car la demoiselle est très difficile. Elle semble être une conquête à sa hauteur. Il reconnaîtra avoir vécu, ou plutôt subi, un véritable coup de foudre. Hasard de l'histoire, et sans doute mauvais présage qu'il ne voit pas venir, elle est la descendante de Charlotte Buff, qui fut le grand amour malheureux de Goethe. C'est cette Charlotte qui inspirera à l'auteur allemand qu'il admire *Les Souffrances du jeune Werther*, un roman d'un romantisme débordant. Tout, donc, pour enflammer le jeune Georges. Dans le roman de Goethe, la fin de l'amoureux est tragique, Werther se suicide par désespoir, car Charlotte, mariée, ne peut lui appartenir.

Georges est, lui, persuadé de pouvoir faire mieux que Werther et Goethe réunis. La demoiselle est libre, sa Charlotte n'est pas celle de l'époque, et surtout, il ne peut envisager l'échec.

Il ne méprise pas encore les envolées romantiques et y voit un signe. Il est si jeune. Il fera sa cour, agité, fringant et empressé. Il veut sans cesse la retrouver, se rendre en Alsace pour la convaincre de l'aimer et de l'épouser. Il en oublie ses amours passagères du Quartier latin, ses nuits de la rue de l'Estrapade, dans son petit logis. Ses amies de cœur et de plaisir sont charmantes, faciles et pimpantes, mais c'est Hortense l'Alsacienne intraitable qu'il lui faut. Il épuise son ami Auguste avec ses interrogations perpétuelles. Qu'a-t-elle dit de lui ? A-t-il ses chances ? Pourrait-il demander sa main ? Auguste, son ami qui voit venir le drame, n'ose le décourager. De toute façon, Georges ne veut rien entendre ni comprendre, il s'obstine. Il se morfond, en devient presque timide et mal assuré. Il souffre, s'impatiente, son entourage ne l'a jamais vu à ce point tourmenté. Un de ses amis, Arago, commente : « L'insistance de ce jeune homme touche à la folie. Le pauvre brave garçon ! »

Car, dans la très rigoureuse famille alsacienne Kestner, on le trouve un peu fatigant. Trop démonstratif, trop chien fou, trop agité, en fait il est « trop » en tout. Et sur le fond, il n'est pas un beau et bon parti, ne représente pas l'époux rêvé ni par la belle-famille, ni par la demoiselle. Pas suffisamment chic, pas assez riche, vulgaire médecin de campagne, un peu désargenté, trop simplement issu d'une famille de propriétaires de Vendée, un « petit médecin sans avenir ». Mais rien n'est dit frontalement, et Georges, qui ne peut imaginer ces offenses, se complaît à espérer. Au début de l'année 1864, n'en pouvant plus d'attendre – ce n'est pas dans sa nature, ce ne le sera jamais –, il met le cap sur Thann. Il veut en avoir le cœur net, savoir s'il a « des raisons d'espérer. Il faut en finir. Cette réponse, il me la faut. J'y ai droit. Je suis à la veille d'une grande joie ou d'un grand chagrin », écrit-il à son ami.

Ce sera le chagrin. La réponse est brutale et claire. Il comprend enfin parce que c'est lui, et parce que c'est elle, que leur union sera impossible. Une aimable lettre du père d'Hortense n'atténuera en rien sa peine alors qu'il grossit les rangs des amoureux rejetés par Mademoiselle Hortense.

C'est des années plus tard, quand il la retrouve, bien mariée à Charles Floquet, son collègue au Parti radical, président du Conseil et ministre de l'Intérieur avant lui, qu'il prendra sa revanche. Tout le monde considère le monsieur Floquet comme un notable sans talent ni reflet. Madame Hortense Floquet fera alors les frais de son mépris. « Elle était belle mais prétentieuse. » Il la punira, à sa façon, quand il sera au sommet. Elle s'ennuyait avec son époux de mari. Bien fait pour elle. Quand elle sera devenue grand-mère, il exercera sa vengeance au long cours. Tout ce petit milieu se fréquente, et il aura l'occasion, à la demande de la dame, de lui offrir un chien. Il choisira le plus sale et le plus affreux chiot de la portée de sa chienne, le baptisera Déroulède, inventera un faux nom de race canine pour le lui offrir – car la dame est fort snob. Et comme elle se plaint de sa saleté, il lui rétorquera : « Un chien est à l'image de sa maîtresse, il est ainsi qu'on l'élève. » Le chien ravagera l'appartement d'Hortense. Il en rit encore. Il n'y a pas de petits plaisirs.

Jeune déjà, il ne supporte pas l'échec, même si c'est peut-être ce puissant ressentiment qui le fera avancer dans la vie. On parlerait de résilience aujourd'hui. Ses amis de l'époque, sa famille le disent alors désespéré, comme on peut l'être à cet âge. Son abattement est profond. S'y mêlent blessure d'orgueil, incompréhension et colère. Il a subi, pour la première fois, une forme de mépris de classe, de rebuffade. On l'a traité, considère-t-il, presque comme un laquais. Jusque-là, rien ni personne ne lui résistait. Mais il y a aussi la détresse d'un amoureux éconduit, certes vrai séducteur, mais pour une fois sincèrement dévasté. Il l'adorait, en était fou. Comment imaginer ne pas être désiré et aimé ? Il en parlera peu, pas le genre à se livrer, ni à partager ses humiliations ou son dépit. Ce sera sans doute la cause ou l'origine de cette misogynie mal tempérée qu'il développera et professera par la suite. Il voudra à l'avenir tout maîtriser, tout dominer, notamment, et surtout, les femmes.

Le jeune Georges veut alors fuir la France, sans être même certain d'y revenir un jour. Il soutient sa thèse de doctorat, expédie les affaires courantes, emprunte encore une fois un peu d'argent à sa famille, à des amis et quitte son pays et L'Aubraie. Un détour par l'Angleterre en compagnie de son père, et il embarque à Liverpool, destination New York, treize jours de traversée en compagnie de son ami Dourlen, docteur lui aussi. Le voyage, les terres inconnues comme « médecine » pour oublier Hortense. Il accoste, aborde le Nouveau Monde, à bord du steamer *Etna*. On est le 28 septembre 1865, quand il découvre la côte, dans quelques mois, il va avoir vingt-quatre ans. Il va consciencieusement y soigner sa langueur, et son mal d'amour – ce ne sera pas si éprouvant.

Il se fixe d'abord à New York, y loue seul un petit appartement sur la 12e rue, renonce à l'exercice de la médecine, car ça c'était dans le monde d'avant. Il n'a envie que d'explorations outre-Atlantique. Il choisit le voyage. Il faut dire que la politique américaine est passionnante ces années-là. Lincoln, qu'il vénère, vient d'être assassiné, la guerre de Sécession terminée. Il parcourt le pays, va de meetings en meetings. Il sera même reçu par le général Grant, qui deviendra président des États-Unis quelques années plus tard, le héros des armées nordistes et de la guerre de Sécession. Il se fait des amis journalistes qui l'introduisent dans la bonne société, il est en pleine effervescence. Et, quand il n'arpente pas le pays, émerveillé par les progrès de la démocratie en Amérique, le « *french doctor* » est absorbé par ses nouvelles conquêtes amoureuses qui lui prennent un temps fou. Il oubliera ainsi, sans trop de difficultés, Hortense et son dédain. Son énergie de jeune mâle dominant est presque tout entière occupée grâce, dit-il, « à deux ou trois dames qui lui ont accordé leurs faveurs ». Il semblerait que, pour une fois, le décompte annoncé soit inférieur à la réalité. Bref, il est en voie de guérison.

Mais, de l'autre côté de l'océan Atlantique, à L'Aubraie, on considère certes que cette vie est fort édifiante, que cette ouverture au monde ne manque ni de charme ni d'intérêt, mais que les meilleures choses ont une fin. En résumé, Benjamin, son père, au caractère si facile, ne supporte plus de financer ce qu'il considère comme une intolérable perte de temps. Georges émet-il le souhait d'acheter un ranch dans le Middle West et voilà son père qui sort de ses gonds. Il se demande à quoi son fils passe son temps, occupe ses journées. Un « Assez flâné en Amérique ou je te coupe les vivres » bouclera la séquence. Il a pourtant écrit à sa mère qui se morfond de lui qu'il est accablé de travail.

Il va donc falloir que le jeune homme se soucie de l'intendance qui ne suit plus. Les secrets envois d'argent de sa mère s'interrompent, il n'a plus un sou, doit revoir son train de vie à la baisse, vit chichement, emprunte, encore, à une « bienfaitrice » pour boucler ses fins de mois. Il remboursera toujours, mais ses débuts sont moins flamboyants qu'espéré.

Pour se rétablir, il obtient alors, opportunément, de signer deux articles par mois pour *Le Temps*, un prestigieux journal français, comme correspondant américain. Ces 150 francs mensuels lui permettent de tenir, et de faire meilleure figure. Il ne peut transiger sur ses tenues qu'il soigne avec attention, chemises amidonnées à col droit, petit nœud de cravate noir. Il lui faut maintenir aux yeux de ses amoureuses américaines et canadiennes une certaine idée de la France.

Il fait patienter son père, mais sait pertinemment qu'il va devoir l'apaiser et renouer avec lui. Il temporise en lui envoyant quelques lettres conciliantes à L'Aubraie. Il lui fait suivre aussi, en espérant le calmer, une centaine d'articles sur la civilisation américaine, les droits des Noirs, les séquelles de l'esclavage. En tant que républicain, cette prose devrait rendre fier Benjamin. Ce n'est pas franchement le cas. Il se brouille avec son père, qui n'est pas aussi grisé que Georges par ses débuts dans le journalisme.

Cette expérience, cette ouverture d'esprit influenceront profondément sa vision future de la vie politique française. Avantage supplémentaire, il parle maintenant couramment anglais, il a même l'accent new-yorkais. lls sont rares, de cette génération, à maîtriser deux langues. Il sera le seul, au traité de Versailles et pendant la guerre à pouvoir négocier directement avec les Alliés. Mais ses articles ne sont pas suffisants pour lui permettre de bien vivre. Le voilà décidé et contraint à trouver un nouvel emploi. C'est là que tout va se nouer.

Stamford, banlieue de New York, dans le Connecticut. Il entend parler d'un poste de professeur de français à pourvoir. Le voilà qui débarque, bardé de recommandations, chez Miss Catherine Aiken, qui dirige un pensionnat pour jeunes filles de la bonne société. Il y fait forte impression, il est promptement recruté. Deux jours par semaine, il se fera enseignant, de français et d'équitation. Cela lui laissera le temps de vivre sa vie – et quelle vie ! –, à Greenwich Village.

Les pensionnaires, âgées de seize à dix-neuf ans, sont vite conquises. Il est bon pédagogue, se montre charmant, il est tellement plus excitant que leur ancienne enseignante de français, elle aussi à moustaches !

Il va y faire des ravages. Et c'est là qu'il rencontre Mary, dix-sept ans, de neuf ans sa cadette, celle qui deviendra sa future épouse. La jeune fille tombe éperdument amoureuse du jeune Clemenceau. Ce sera au début pour le meilleur, mais surtout, par la suite, pour le pire. Ses leçons de français sont conçues pour affoler les jeunes et jolies demoiselles. Elles récitent en rougissant les verbes du premier groupe, avec le mot « aimer », qu'il a choisi pour parfaire leurs conjugaisons – « chanter » aurait été moins drôle. Elles adorent aussi apprendre à monter à cheval, à ses côtés. Elles vont même souvent jusqu'à chuter, pour avoir le plaisir si innocent d'être remises en selle par leur « *so french* » instructeur. Il fait le joli cœur, soigne son habit de cavalier, notamment ses hautes bottes d'équitation toujours impeccablement lustrées. Elles en sont folles. Est-ce le charme français, le soin qu'il apporte à ses tenues, son art du galop appris dans le bocage qui sèmeront le trouble au pensionnat ? Les longues promenades lui permettront de faire son choix parmi la nuée de jeunes filles, presque une volière à sa dévotion. Il optera, forcément, pour la plus jolie et jettera son dévolu sur Mary Plummer. « La femme est condamnée à compter beaucoup sur ses moyens physiques », décrète-t-il ; ce critère est essentiel pour lui, et elle le remplit fort bien. Elle est si fraîche et ravissante. Sa jeune élève est orpheline depuis l'âge de dix ans, on la décrit pleine d'esprit et fort insolente. Malgré ces qualités, il la séduit sans difficulté, elle qui a pourtant l'habitude, comme les jeunes filles yankees de l'époque, de jouir d'une vraie forme de liberté, qu'elle va devoir – elle ne le sait pas encore – aliéner.

Comme à son habitude, Georges organise tout d'une main de maître et mène promptement l'affaire : l'épouser, puis la rapatrier en France, voilà sa feuille de route. Il ne lui reste alors qu'à régler un léger détail : faire accepter à l'oncle de Mary, son tuteur Horace Taylor, riche négociant à New York, mais surtout fort religieux, un mariage civil. Pour Horace, c'est, à première vue, hors de question. Ce sera le temple ou rien. Georges contre-attaque, met le marché entre les mains de Mary, « Ce sera Dieu ou moi. » Si elle veut être épousée, elle devra jeter sa religion aux orties. N'en a-t-il pas fait le serment à ses camarades de vie estudiantine, comme à son père ? Pas de curés, pas de baptême, pas d'église ou de temple. Ni à la naissance, ni au mariage, encore moins à la mort. Elle connaît les termes du contrat. Il n'y a rien à négocier.

Pour mener à bien son opération, Georges doit avant tout remettre en ordre ses affaires en Vendée. Il lui faut en priorité régler quelques comptes avec Benjamin, son si facile et transigeant papa, se réconcilier avec lui, bref obtenir l'onction paternelle pour ses noces. Il repart à L'Aubraie. Mais par-delà cette nécessité de renouer avec son père, il a un autre objectif très clair : la faire attendre, pour la contraindre à céder.

Il est d'autant plus pressé d'obtenir l'accord de Mary, qu'il vient d'apprendre les fiançailles d'Hortense avec le sieur Floquet, un bourgeois comme il faut – car cette fois, elle s'est montrée enthousiaste. Il écrira à son ami Auguste, en espérant atteindre celle qui l'a rejeté : « Je me suis moi-même fiancé à une jeune miss américaine, âgée de dix-huit ans, brune, 29 dents, taille moyenne, caractère, je n'ose en parler, ne la connaissant que depuis deux ans. Idées : en voie de formation... » On a connu plus passionné et élégant comme portrait de la jeune fille qu'on souhaite prendre en noces.

Il veut se faire désirer par Mary, la faire plier. Ce ne sera plus jamais à lui d'attendre, plus question de subir les intermittences du cœur d'une jeune fille, un peu pimbêche. Les années Hortense ont vécu. La tactique de Clemenceau est la bonne. Mary se morfond. Ces quelques semaines d'absence viennent à bout de la résistance de la jeune orpheline. La dame du pensionnat, Catherine Aiken, pousse Mary à céder. Est-ce bien nécessaire ? Miss Plummer se meurt d'amour depuis qu'il est parti, elle lui fait parvenir un câble qui conclut : « Préfère vous. », en clair, face au ciel. Il a gagné son combat contre Dieu.

Elle accepte tout pour lui. Elle supplie son tuteur de lui accorder Georges, quels qu'en soient les conditions et les renoncements. L'oncle Horace cèdera. Mary sera mariée au domicile de son oncle, sur la 5e avenue, lors d'une cérémonie modeste – même si c'est le maire de New York qui officie. Elle sera civilement – et éternellement, croit-elle – mariée… et déshéritée. Enfin, Georges peut revenir en France. Il a tout obtenu. Le voilà marié, comme tout le monde, le 2 juin 1869. L'affaire a été rondement menée, il a fait le « saut dans l'abîme matrimonial », comme il le dira plus tard. De fait, c'est prémonitoire, mais l'abîme sera surtout pour elle.

Il a vingt-huit ans, elle en a dix-neuf. Ils sont amoureux. Elle, encore plus. Il veut rentrer en France, elle suit son mari. Elle n'aura pas le choix, ni à ce moment-là ni par la suite. Une femme se doit alors d'être obéissante face à son époux. Peut-être imagine-t-elle, dans la fougue du départ, qu'elle va découvrir les joies de Paris, aller au théâtre, à l'Opéra, visiter la capitale et pourquoi pas les boutiques. Il lui a tant vanté la France. Elle a adoré New York, et elle arpentera, croit-elle, la France au bras de son fringant mari. Elle est si jeune et rêve de découvrir le tourbillon de la folle vie parisienne, accompagnée de son étincelant guide, qui la désire si tendrement. Le programme des réjouissances sera tout autre. Ce ne sera Paris que quelques jours – un séjour certes joyeux, mais très bref –, avant de rejoindre la Vendée pour poser leurs valises dans le manoir familial des Clemenceau. On a connu plus festif.

Elle s'apprête à vivre ce qu'elle a toujours redouté, mais mal anticipé. Un long voyage de noces de quelques années à L'Aubraie, en compagnie de sa belle-famille. Elle aura la joie, parlant très moyennement le français malgré les leçons de Georges, de s'installer dans le petit château inconfortable, isolé et austère, et de surcroît humide de Vendée. Elle aura la compagnie du père de Georges, Benjamin, qui déteste la terre entière, sa bru comprise. Elle pourra pratiquer les travaux d'aiguille avec ses deux belles-sœurs : Adrienne, dix-neuf ans, affligée d'un pied bot, en extase depuis toujours devant Georges, donc peu encline à adorer spontanément sa nouvelle belle-sœur, et Sophie qui subit en silence les hurlements paternels. La sœur aînée de Georges est déjà mariée, les deux petits frères de Georges sont alors en pension, la maison est sinistre. Georges parle lui-même du manoir comme d'« un château blafard parmi les tristes nuées, qui dresse l'inexpressive façade de ses trois étages à fenêtres croisillonnées, lugubrement noires ». Il en rajoute même en décrivant les douves d'eau boueuse. Un rêve pour cette jeune mariée déracinée, loin de tout ce qu'elle a toujours connu et déçue par le seul qu'elle n'ait jamais aimé…

Sur les photos de l'époque, elle semble affligée et docile, triste à n'en point douter. La mère de Georges l'acceptera en silence. De toutes les façons, à table, et en général chez les Clemenceau, les femmes ont surtout le droit de se taire. Le rêve français et les espoirs de Mary Plummer vont se fracasser en Vendée.

On lui fait sentir au quotidien qu'elle n'est pas franchement la bienvenue, sorte d'intruse parmi eux. Plus d'amies, peu de sorties, pas de distractions, elle va être bouclée dans le bocage et devoir s'en satisfaire. Elle est bien loin de sa vie new-yorkaise. Certes, son mari est parfois à ses côtés, mais il est plus souvent en balade à cheval, pris par ses occupations de médecin de campagne.

Un an après leur mariage, le 2 juin 1870, elle devient mère. Et lui, bien sûr, doit repartir s'installer à Paris, on est alors début août. La guerre vient de commencer. Il ne peut laisser l'Histoire se faire sans lui. Napoléon III, le tyran, le crapaud, comme on l'appelle chez les Clemenceau, a déclaré la guerre à la Prusse. Les républicains reprennent espoir : Napoléon le petit, celui qu'ils nomment aussi le bourrin, risque d'être défait. Il s'agit d'être là pour espérer prendre le pouvoir, et rétablir la République. C'est un combat, une mission familiale… Clemenceau voudra toujours venger l'honneur de son père, arrêté par deux fois sous ses yeux, et condamné à la déportation en Algérie pour avoir critiqué Napoléon III. Son père, qui a osé défendre la République et fut dénoncé comme adversaire de l'Empire. Georges a alors seize ans. Son père sera relâché après de longues semaines d'emprisonnement, à la prison de Nantes. Georges n'oubliera jamais. Il fera le serment de le venger. Lui-même sera mis en cellule, à vingt ans, soixante-dix-sept jours, pour délit de provocation après avoir appelé à manifester pour fêter l'anniversaire – le 13e – de la IIe République de 1848. La famille Clemenceau s'est toujours battue pour la République et contre l'Empire.

Alors, lorsque la guerre éclate, Georges se doit d'être au premier rang. La vie familiale attendra, et puis Mary est entre de si bonnes mains en Vendée, elle va pouvoir y parfaire son français, materner à loisir et profiter du grand air. Entre août 1870 et mai 1871, il n'a passé que deux jours et demi avec sa femme et le bébé. Finalement, les choses sont fort bien faites, il commençait à s'ennuyer sérieusement à L'Aubraie et accessoirement aux côtés de Mary. Sa vie manquait du sel nécessaire aux grands hommes. La maternité va occuper Mary, et c'est bien ainsi – la place des femmes étant avant tout, d'après lui, à la maison, quand les hommes ont besoin de vastes espaces, afin d'y mener d'illustres combats. C'est dans l'ordre des choses, du moins le sien. Il a une obsession, se replonger dans les milieux républicains, pour peser sur le cours de l'histoire de la France…

« Aimez-moi comme je vous aime, au revoir mon amour, à bientôt. » Certes, il lui écrira, de jolis mots en anglais, lui enverra même des lettres par montgolfières, seule façon de la joindre pendant le siège de Paris, l'assurera qu'elle est son plus cher amour, son *Dear Love*, prendra des nouvelles de leur progéniture, Madeleine, leur première petite fille, un gros petit nourrisson qu'il a à peine eu le temps de connaître. Il voudra tout savoir « sur son petit bébé et sa petite maman », écrit-il. Il est, de loin, un père attentionné. Le médecin qu'il est resté ne veut pas que Mary s'épuise à allaiter, il lui conseille alors la bouillie de gruau, plus consistante pour un bébé affamé, et plus raisonnable pour une jeune mère efflanquée.

Mais elle trouve le temps long, quand lui ne voit pas passer les semaines. Il s'inquiète toutefois, car il sait sa santé fragile. Nommé maire de Montmartre, il sera, huit mois plus tard, élu député de Paris, le 3 février 1871. Il n'a pas eu le temps de revenir en Vendée, il s'excuse bien sûr auprès de Mary, mais la République a ses impératifs, et sur le fond, ces batailles politiques sont autrement plus excitantes. Georges, déjà, en accepte assez facilement les contraintes, s'en réjouit presque, trop heureux de participer à cette Histoire qui le grise.

Chapitre 13

Mary, l'épouse abandonnée

Je vous demande d'oublier cette femme. Ne m'en parlez plus jamais.

Georges CLEMENCEAU,
à ses enfants.

S'il brille par ses absences, il est toutefois aisé de reconstituer les courts séjours de Georges en Vendée : neuf mois plus tard naît un nouvel enfant, fruit de ce qu'il appelle aimablement les « mignotages ». Après Madeleine, ce sera Thérèse, en juin 1872. Il n'est marié que depuis trois ans. Il dira de sa fille à peine née, écrivant à une de ses fidèles amies, « elle est tellement horrible, qu'elle fera époque dans les annales de la laideur. Objet d'horreur. Cela s'appelle Thérèse. »

La passion conjugale, semble-t-il, a fait long feu. En novembre 1873, il aura un fils, Michel. Mais Mary est triste et lasse. Elle s'ennuie à L'Aubraie et voudrait voir son mari, le rejoindre à Paris. Clemenceau, lui, a franchement la tête ailleurs, même s'il se soucie des enfants et de la santé fragile de son épouse. Officiellement par manque d'argent – ce qui n'est pas faux –, il lui répond ne pas pouvoir la rapatrier à Paris, ni être en mesure de les installer correctement, elle et les enfants, dans la capitale. Elle a beau le supplier, il est intraitable. Pas question pour lui de s'embarrasser d'une femme et de sa marmaille à Paris, *a fortiori* s'il ne peut les loger décemment. Et puis il aime la liberté et la politique, assez peu compatibles, telles qu'il les pratique, avec une vie de bon père de famille. Mary le soupçonne – et il n'est pas nécessaire pour cela de faire preuve d'une grande clairvoyance – de la tromper. Il lui répond un peu facilement que seules « Marianne et la République sont ses véritables maîtresses ». La formule est belle, le mensonge éhonté, la cruauté totale. Il ne veut rien comprendre et encore moins céder. La maternité et ses quelques visites qu'il lui accorde devraient suffire à combler Mary. Que pourrait-elle demander, ou même désirer, d'autre ? C'est seulement au bout de sept ans de mariage, sept ans d'une peine de long séjour dans le manoir familial, qu'elle obtiendra sa levée d'écrou. Elle a alors vingt-huit ans. Elle peut enfin s'installer à Paris. Elle a menacé, a fugué quelques semaines en Amérique. Il a fini par obtempérer, elle peut enfin le rejoindre. Du moins partager son domicile. Elle restera seule le jour et bien souvent le soir, voire la nuit, mais elle vit à Paris. Il est sans cesse absent, débarque au petit jour juste pour changer d'habits, trouve toujours bien des excuses. Il débarque chaque jour vers 11 heures du soir à la rédaction de son journal *La Justice*, dont il est le directeur politique, pour tout vérifier, tout inspecter. Il y a aussi ses activités politiques, les réunions publiques, mais pas seulement. Elle sait qu'il lui échappe. À partir de 1876, il passera toute sa vie ou presque à la Chambre des députés, alors ils vivront surtout côte à côte. Il commence à être un personnage en vue, quand elle ne reste qu'une Américaine perdue à Paris. C'est bien sûr mieux que la Vendée, alors elle souffre en silence. Heureusement, elle se détourne des gazettes qui se font si souvent l'écho des frasques et des conquêtes de Clemenceau. Cantatrices en vue, la si belle Rose Caron, de si séduisantes comédiennes à la mode, ou d'autres stars de l'époque… Il fréquente l'Opéra, la Comédie-Française, les théâtres, mais pas uniquement par amour de l'art. « Hier au soir, Monsieur Clemenceau a été vu à la Comédie-Française, fort bien accompagné », lit-on dans les journaux. Il est au sommet de son art, et se sent surpuissant. Quand il reviendra sur cette époque de sa vie, se confiant à son éternel ami Jean Martet, il conviendra : « Je suis resté marié vingt-trois ans. J'en suis effaré. » De fait, la fin de leur histoire est effarante.

Mary a bien compris que Georges ne l'aime plus ; quant à la désirer, il n'en a ni le temps ni l'envie, depuis bien des années. Il trouve partout et ailleurs une herbe bien plus verte. Mary est abandonnée, isolée, jusqu'à son beau-père Benjamin qui ne souhaite plus l'accueillir en Vendée. « Ma chère bru, il ne m'est plus possible de vous recevoir comme par le passé avec toute votre famille. Nos revenus, dont le chiffre nous est inconnu, ne me permettront plus de faire les dépenses qu'exigent quatre personnes de plus dans mon ménage... Au surplus, vous vous entendez mal avec Sophie, ma fille. L'an dernier, elle a refusé de venir me voir pendant votre séjour. Ce n'est pas sans avoir réfléchi que je vous informe de la détermination que j'ai prise. Arrêtons toute correspondance désormais inutile. » Le clan Clemenceau l'a chassée. La messe est dite. Seule à Paris, malvenue avec les enfants en Vendée, elle va vivoter, trouver chez quelques compatriotes installés à Paris une source de distraction.

Et puis, il y aura enfin Paul. Paul de Kercovan, un jeune homme brillant, normalien, qui veut se consacrer à la diplomatie. Il la charme par sa conversation, son empressement. Il supervise à l'occasion, en tant que répétiteur, des devoirs des enfants déjà grands, mais ce n'est pas sa principale occupation. Il est intelligent, attentionné, il la courtise un peu, de loin, mais en fait de trop près pour Georges qui soupçonne son épouse. Mary trouve à Paul toutes les qualités du monde, et la première, et sans doute l'essentielle, est qu'il lui donne l'impression d'exister. Elle le voit très souvent, il est fréquemment chez eux, en fait chez elle. Georges est intrigué, il remarque une sorte de gaieté, d'enjouement chez son épouse, auxquels il n'était plus habitué. Il s'étonne aussi quand il passe à leur domicile, même si cela est rare, de la trouver si souvent absente. C'est un signe pour lui, qui n'est pas de bon augure. Il mène alors l'enquête auprès de ses enfants. Il sera alerté par sa fille Madeleine qui dénoncera sa mère auprès de son cher papa. Les jeunes Clemenceau seront toujours du côté de Georges, ils sont déjà grands et ont hérité de l'esprit de clan. Manifestement Mary n'a jamais eu un autre statut que celui de pièce mal rapportée, même auprès de ses enfants. Oui, Paul passe régulièrement chez eux, oui, leur mère en semble flattée, et pourquoi pas même heureuse, oui, cela leur arrive de se promener tous les deux. Et, ombre supplémentaire au tableau, le dénommé Kercovan est d'une famille réputée depuis toujours ouvertement antirépublicaine.

Ce sera le drame et la honte. Il fera suivre Mary, utilisera tous les moyens qui sont en son pouvoir, et ils sont nombreux, pour débusquer sa proie, la mettre à mal, et en fait la piéger. Pour en finir, il débarque en compagnie du préfet de police Lozé et de sergents de ville dans la garçonnière du jeune homme, rue de Presbourg. Ce sera violent, expéditif, sans laisser à Mary la moindre opportunité de se défendre face à ses juges ou son mari, qui ne l'est que si peu. Le constat d'adultère est dressé. Les versions divergent : ils n'étaient pas au lit, pour certains, ils l'étaient, pour d'autres. Le plus probable est qu'ils n'aient été surpris « que » prenant le thé. Mais ce thé sera de trop. Qu'importe, au fond. Clemenceau veut la faire partir et saute sur l'occasion pour clore la « parenthèse Mary », qui n'a pour lui que trop duré. Et sa fureur est telle, son acharnement si intense qu'il n'accorde à Mary aucune circonstance atténuante. Ce sera le divorce, elle aura tous les torts, quinze jours de prison pour elle à Saint-Lazare, pour adultère ou un départ immédiat. Elle ne peut que se taire et subir, perdue, toutes les conséquences du supposé flagrant délit. En clair, elle n'a plus droit à rien. Elle accepte tout, résignée, a-t-elle un autre choix ? Dégradée, déchue, sans pouvoir dire un mot ou se défendre, elle sera par la suite conduite, sous bonne garde, à Boulogne-sur-Mer, embarquée sur un bateau à vapeur hollandais, en troisième classe, une véritable descente aux Enfers, destination Boston. Le divorce sera prononcé en mars 1892. Clemenceau a cinquante et un ans, Mary quarante-trois. Les enfants déjà grands suivront leur père. Clemenceau, tout à sa fureur, dit alors à ses enfants en détruisant le moindre portrait ou buste de son unique épouse et de leur mère : « Je vous demande d'oublier cette femme, ne m'en parlez plus jamais. » Pour toujours fidèles à Georges, ils obtempèrent sans trop de difficulté. Il conclura : « Après une surprise désagréable, j'ai emballé ma femme pour l'Amérique. Ma sœur, Sophie Bryndza, s'occupera de mes petites filles. Quant au garçon, cela s'élève tout seul. » Fin de partie.

Mary, déshéritée par son oncle, répudiée par son mari, rentre en Amérique, sa petite malle, ses quelques effets, suivront. Paul de Kercovan va l'accompagner un certain temps, mais, très vite, la désertera aussi. Seule et désargentée, elle n'a presque plus rien et encore moins personne pour la recueillir. Retour aux origines. On est en 1892, Mary a sa vie derrière elle. Elle perd tous droits ou presque vis-à-vis de ses enfants, Georges y veille.

La malheureuse, de retour aux États-Unis, va tenter d'exister sous le nom d'« ex-femme de Clemenceau », un bien triste état civil qui lui permettra de donner de rares conférences, et d'engranger quelques dollars. Cela la sauve un certain temps, fort court, mais ne lui permettra pas par la suite de vivre décemment. Et quand elle revient en France, désireuse de revoir sa famille, et surtout ne sachant plus où aller, on est en 1900, huit ans après le supposé scandale, elle n'est toujours pas la bienvenue. Elle ne verra que peu ses enfants qui ont décidé de la gommer de leur existence.

Elle a droit à une visite, une fois par mois. C'est la règle fixée par Clemenceau. Pour subsister, ou plutôt vivoter, n'ayant aucun revenu, elle va écrire quelques articles sur la France commandés par la presse américaine, traduire des ouvrages en français. Elle sera modèle pour des peintres, prend tout ce qui se présente, se fait même guide à l'occasion pour des touristes américains, désireux de voir la tour Eiffel, ou de visiter Paris. Elle n'a ni les moyens ni l'opportunité d'être regardante, car il lui faut survivre, se loger et simplement manger. Elle est toujours aux abois, certains la disent fortement perturbée. Ses dernières années sont terribles. Un couple, soucieux de la voir si démunie, l'héberge quelques années, payant à l'avance sa concession au cimetière de Bagneux pour cinq ans, personne ne suivra. Elle finit sa vie au côté de nombreux chats, ils seront son unique compagnie, ses gardiens attentionnés. Elle va mourir seule, une nuit, dans un petit appartement, rue de la Convention, dans le XVe arrondissement. La concierge de l'immeuble la découvrira, sans vie, un matin. Elle sera enterrée à la va-vite, sans fleurs ni couronnes. Aucun hommage ; même morte, ses enfants ne seront pas à ses côtés. Mary n'aura jamais revu Clemenceau. On est en 1922, Clemenceau s'apprête à rencontrer Marguerite.

Cet épisode reste une énigme insupportable, un mystère étonnant, quand on le connaît et pour ceux qui l'estiment. Il faudra bien du temps pour que certains de ses biographes acceptent de le mentionner. En 1902, dans un article publié dans *Le Bloc*, son journal, Clemenceau avait fait l'apologie du divorce, critiquant l'Église. Vivre plusieurs vies lui semble dans la nature même de l'humanité, le mariage ne peut être que temporaire, comment vivre avec la même créature toute une vie ? Il se fait précis. « L'Église prétend joindre l'homme et la femme pour l'éternité. En dépit des serments, des promesses, la vie mouvante sollicite la mobilité de l'être, l'appelle à des sensations inconnues. Mais quoi ? Il reste une vie à poursuivre. Peut-on proposer sérieusement d'en arrêter le cours, de faire retomber sur un être vivant la dalle funéraire quand tout l'invite encore à d'autres chances de bonheur ? » On ne peut être plus clair, le mariage, pour lui, à terme – en fait, à très court terme –, est un enterrement, il faut pouvoir s'en émanciper et sortir du tombeau...

Pourtant, il aurait pu être inspiré par ses parents qui, eux, avaient attendu quatre ans pour se marier, bataillant envers et contre tous. Ils avaient résisté et tenu face au refus du père de Benjamin pour pouvoir enfin s'unir. Ils étaient passionnés, et l'avaient été jusqu'à la mort, du moins officiellement.

Clemenceau suivra une autre voie, il aura plusieurs vies. Et si Georges considère, en théorie, que ce droit au divorce vaut pour les hommes comme pour les femmes, il affecte de ne pas savoir qu'en pratique, ce sont les hommes qui en sont les premiers bénéficiaires. Il vivra sa vie, lui, en profitera sans entraves. Oubliera Mary. Son humanité est, en ces circonstances, à éclipses. Il dit avoir aimé les femmes d'esprit, celles qui avaient du talent et du répondant, avec lesquelles on ne s'ennuyait jamais. Il expliquera avoir découvert que Mary n'avait aucune de ces qualités. Certes. C'est peut-être vrai, il y a peut-être un mystère entre eux deux qui expliquerait, sans le justifier, cette fin misérable. Mais rien qui puisse constituer une excuse valable pour l'avoir ainsi traitée. Il abandonnera lamentablement Mary, alors même qu'il professe le pardon, et se veut, en général, éloigné de la morale catholique et bourgeoise. Nombre de ses proches, beaucoup de ses amis ne comprendront pas son attitude, mais comme ils le vénèrent, n'oseront jamais l'interroger sur ce point. Certes, cela ne lui ressemble pas, mais personne ne voudra aller plus loin, au risque de le mettre en difficulté.

Jeune, il avait manifesté les signes annonciateurs d'une méfiance instinctive envers le mariage. Il avait ébauché un petit texte, une courte comédie dont le sujet central était de savoir si l'amour était compatible avec le mariage. Sa conclusion était alors on ne peut plus claire, il y avait fait l'apologie de la liberté au sein du couple – bien loin de plaider en faveur du fameux « lien sacré ».

C'est une constante chez Georges Clemenceau, en amour comme dans la vie, il a toujours choisi la liberté, la sienne surtout, quoi qu'il en coûte.

Chapitre 14

« Il faut savoir de temps en temps oublier sa femme dans le fiacre »

Journal de Marguerite

J'ai fait une bêtise de collégienne. Je n'ai pas résisté. J'ai demandé à une de mes amies d'étudier son thème astral, sans préciser, bien sûr, de qui il s'agissait. S'il le savait, il taperait de sa canne, lèverait les yeux au ciel en maugréant, m'accuserait de sorcellerie, ou pire d'imbécillité, comme il sait si bien le faire. Il est Balance ascendant Gémeaux. Les conclusions de mon amie étaient bien étonnantes, elle m'a parlé d'un tempérament pondéré, presque toujours d' humeur égale. Elle ne doit pas être très douée en astrologie. Mais elle a ajouté que ses amours étaient guidées par un intense besoin de liberté et la volonté d'être le centre de toutes les attentions. Là, elle a dû retrouver ses esprits.

Quand je repense à notre longue conversation à propos de son mariage, je dois avouer que je n'ai pas obtenu beaucoup d'informations sur la pauvre Mary. Il se renfrogne dès que je l'interroge et m'assure que cette époque est si lointaine qu'il ne s'en souvient plus, sa mémoire se fait toujours opportunément sélective. En fait, j'ai cru comprendre qu'il n'était pas bien fier de son comportement. Il me dit avoir eu ses raisons qu'il préfère me taire et détourne la conversation pour me faire l'éloge du divorce et de la liberté, en me citant mon cas. Il n'a pas tort. Fernand et moi vivons quasiment séparés. Mais il n'a pas raison. Je ne voudrais pour rien au monde divorcer, et surtout pour quoi faire ? À mon âge, je ne pourrai jamais plus avoir une autre vie, j'ai l'impression d'avoir plus de mille ans de souvenirs. Et qui voudrait de moi ? Il a eu beau me dire que, s'il m'avait rencontrée bien plus tôt, il aurait probablement révisé ses positions sur le sujet, je sais que c'est pour m'amadouer. Je ne suis ni innocente ni idiote au point de le croire.

Mais il a fait quelques efforts, cherchant maladroitement à excuser sa vie d'avant. Et comme toujours quand il se fait avocat de lui-même, il en appelle à la politique, à la République... C'est un peu facile. C'étaient là, dit-il, ses grands devoirs, et surtout son destin. « Un foyer, résume-t-il, c'était trop compliqué à assumer au quotidien. » Pour m'expliquer, comme si j'étais un peu sotte, il me raconte une de ses fameuses anecdotes qui le font tant rire. Il voulait détendre l'atmosphère entre nous. Cela a produit l'effet inverse.

— J'étais alors à New York, quand je retrouve le grand pianiste polonais Paderewski. Je ne l'avais jamais entendu en concert, sa renommée

*était mondiale. Nous nous sommes tout de suite entendus, c'était un grand patriote combattant pour une Pologne libre, il a d'ailleurs été Premier ministre après la guerre, nous nous étions souvent entretenus au moment du traité de Versailles, il y représentait son pays. Mais là n'est pas l'histoire. Je lui demande alors s'il accepterait de jouer pour moi, je voulais mon petit concert privé. J'avoue avoir été capricieux. Me voilà aussitôt invité à une de ses répétitions. Je m'y présente, en avance, tout vibrant. Vous savez, Marguerite, j'ai sans doute moins que vous et votre chère Annette, pardon de l'évoquer, un amour fou pour la musique, mais il me tardait de voir ce phénomène, tel que le décrivaient mes contemporains. Notre maestro Paderewski arrive alors en courant, traverse la salle de concert à grandes enjambées, saute sur l'estrade, s'installe devant son Steinway à queue, s'essuie le front avec son grand mouchoir blanc. Il attaque l'*Étude révolutionnaire *de Chopin, les yeux fermés, tout à son art de jouer, avec une forme de fureur patriotique. Rien n'existe plus alentour. À la fin du morceau, je suis encore sonné, il ouvre grand les yeux, pousse un tout petit cri et me regarde avec effroi : « J'ai oublié ma femme dans le fiacre », s'écrie-t-il. Eh bien voyez-vous, Marguerite, j'avais alors dit à Martet mon secrétaire : « Voilà comment il faut être, il faut de temps en temps oublier sa femme dans le fiacre. »*

Je ne suis pas sûre d'avoir apprécié l'anecdote, je n'avais pas envie d'en rire. La supposée morale de l'histoire est on ne peut plus claire : nous serions, nous les femmes, et surtout nous, les épouses, des entraves à la poursuite des grands desseins de ces messieurs, comme des empêcheuses d'atteindre leur idéal. Il tente de se reprendre, sentant qu'il est sur une mauvaise pente, mais poursuit :

— Il est bien vrai que vous nous ramenez trop souvent au quotidien, ce que je peux comprendre, c'est votre lot, c'est aussi votre grâce. Je peux admettre que cela vous pèse parfois, mais les hommes sont constitués autrement.

Je suis agacée. Certes, la société fonctionne ainsi, mais il s'en satisfait, lui parfois si prompt à vouloir renverser l'ordre établi. Il fait de notre lot un choix. C'est comme quand il me demande l'avis de Fernand sur ses lectures ou sur ses écrits. Il ne lui vient pas à l'esprit de m'interroger moi. Il ne semble pas l'effleurer que je pourrais émettre même un petit jugement, à défaut, bien sûr, d'oser avoir une opinion.

Et puis il tente encore de se justifier, même s'il a bien remarqué ma colère.

— Quand j'étais député, je devais battre la campagne et m'occuper des gens. Lors de l'épidémie de choléra en 1884, je suis allé sur place avec quelques députés, à Toulon, à Marseille, quand certains restaient bien au chaud, dans leurs pantoufles à Paris. Je n'ai pas risqué ma vie, j'ai fait mon travail. J'ai découvert que la collecte des ordures propageait la maladie. Je crois avoir été utile. Ce n'était certes pas flamboyant, mais efficace, je devais bien laisser ma

femme seule et épargnée, pouvais-je faire autrement ? Les femmes sont des mères et doivent être protégées, c'était mon devoir de parlementaire d'enquêter. Et quand il me fallait arpenter ma circonscription, parfois à dos d'âne ou de mulet, des heures entières au pied des monts de l'Esterel, dans le Var – car on n'est pas élu en restant douillettement dans son fauteuil, dans ses savates –, je dormais dans des granges sur des matelas de fortune, rampant sous des stalactites de jambons, de saucissons. C'était aussi parfois dangereux lors des réunions publiques, avec tous ces provocateurs, c'était souvent violent. Cela durait des semaines entières, j'étais bien obligé de la laisser. J'étais alors dévoué à tous, à mes combats, concentré sur ma campagne qui n'était pas, je vous l'assure, une promenade de santé.

J'ai dû admettre qu'il n'avait pas entièrement tort. Son métier de député – il me corrige : sa vocation – était envahissant, la politique son obsession. Mais je tente tout de même de repartir à l'assaut à propos de nos droits, nous les femmes. En vain. Il reste incroyablement buté. Quand il était jeune député, on l'accusait de folie égalitariste, manifestement cette passion pour l'égalité ne s'étend pas jusqu'à nous, les femmes. Pourtant, je ne suis ni féministe ni suffragette, comme ces militantes qui exigent l'égalité des droits entre hommes et femmes. Mais aujourd'hui, il me prend l'envie de défendre leurs combats, et pas uniquement pour le provoquer.

— En France, nous n'avons pas le droit de voter, en Amérique, vous avez défendu le droit de vote des Noirs, et c'était justifié. Qui sommes-nous donc, nous les femmes, des sous-citoyens, des êtres de seconde classe ?

Il a fait sa mauvaise tête, et de surcroît il affiche un méchant éclair dans l'œil. Il m'attendait au tournant, avait anticipé. Hors de question de me laisser impressionner. J'enchaîne.

— Vous avez pourtant côtoyé et soutenu des féministes.

Il admirait Louise Michel, s'était battu avec et pour elle, pendant la Commune. Il découvrait alors que même une femme, celle qu'on appelait la Vierge rouge, pouvait faire la guerre. Ils n'étaient pas d'accord sur tout, loin de là. Il m'avait raconté que, quand le gouvernement avait déporté Louise en Nouvelle-Calédonie, elle avait refusé ses interventions, repoussant les passe-droits. Elle lui avait même écrit, intransigeante et déterminée : « Je voudrais vous voir prendre la tête d'une révolution et non d'une opposition qui supporte la conservation. » Ils éprouvaient de l'estime l'un pour l'autre, presque des sentiments, en tout cas du respect. Et c'est grâce à lui qu'elle avait pu se rendre au chevet de sa mère mourante – cette fois, elle avait accepté qu'il intercède. Il y avait eu aussi parmi ses fréquentations d'autres fortes têtes qui défendaient la cause des femmes : Clémence Royer, Séverine, journalistes et libres penseuses qui réclamaient l'égalité avec les hommes, notre émancipation, et le droit de voter. Il les avait soutenues individuellement au nom de la liberté, les avait appréciées fréquemment mais sans aller jusqu'à épouser leurs causes. Un soutien de tribune pour certaines, un appui dans les gazettes parfois, mais de telles créatures dans son foyer, à ses côtés, pas question ! Il pouvait intellectuellement comprendre leurs combats, mais pas question pour lui de partager le quotidien de telles furies, d'une telle engeance. C'est ce que j'ai compris. Je lui ai alors fait remarquer, prudemment, qu'il manquait de cohérence, et ne pouvait vouloir libérer les hommes en s'arrêtant aux femmes. Il a senti qu'il m'avait heurtée.

Il s'est alors justifié, au nom de son éternel féminin (on a connu plus progressiste, c'est vrai qu'il est souvent vieux jeu).

— Voyez-vous, par exemple, Marguerite, je n'aurais pas pu épouser une femme médecin. La médecine suppose une brutalité, une sécheresse de cœur qui ne sont pas faites pour les femmes.

Donc, à nous les douceurs du foyer, la délicatesse des sentiments, la fragilité qui les rassure tous, belles si possible, toujours tendres, de l'esprit pour ne pas trop les ennuyer, mais sans aller au-delà. Et pourtant, je sais qu'il a entretenu une liaison passionnée et une longue correspondance – toujours ininterrompue – avec Madame d'Aunay, encore une Américaine –, sa chère Sarita. Son mari diplomate, qu'il connaissait fort bien aussi, avait l'immense avantage d'être souvent en mission à l'étranger. Il la voit toujours, lui demande des conseils, leur amitié semble être scellée pour la vie. Avec elle, il parle beaucoup politique. Je ne dois pas mériter une telle hauteur d'échange. Le Tout-Paris sait qu'ils conversent constamment sur des sujets sérieux. Je reprends :

— Si, nous, les femmes, sommes créditées de comprendre tous les enjeux politiques, puisque vous ne semblez pas nous prendre collectivement pour des idiotes, n'y aurait-il pas une logique à nous laisser voter ?

Manifestement, j'étais allée trop loin. Il s'est énervé, m'a aussitôt répondu que c'était bien plus complexe que ce que je laissais entendre. Il a clos la conversation, d'un geste fatigué.

« C'est bien plus compliqué ! » : il est vrai que cet argument est toujours invoqué quand il s'agit de ne pas faire évoluer les choses, ou masquer une absence de courage. C'est toujours bien plus compliqué. Surtout quand je remarque que la cause animale semble l'avoir toujours bien plus concerné que la nôtre. Il va devoir s'en expliquer, un jour. Ce sera pour notre prochain rendez-vous. Je n'ai pas voulu l'accabler, ni le harceler. Il toussait beaucoup, et avait sa mauvaise mine des nuits sans sommeil. Il était las mais quand même goguenard :

— Vous êtes fort belle en colère.

J'avoue ne pas avoir répondu.

J'ai quitté Belébat, mener l'enquête sur son passé n'était pas l'idée du siècle, et il m'en a voulu. Nous avons changé de sujet et il est aussitôt redevenu charmant. Il m'a raccompagnée à la gare.

— Je vous attends dans les grincements de plaisir d'un vieux sapajou.

Dès que je pars, il recommence à m'attendre. Je lui ressemble en cela car j'ai toujours peur de le quitter pour la dernière fois. Malgré ses critiques répétées, ses contradictions, son caractère qui se raidit.

Nous continuons à nous écrire chaque jour, mais je sens bien que sa santé se dégrade, il peste sans arrêt, contre ses mauvaises jambes, ses promenades sont de plus en plus contraintes et limitées, en fait, il a peur de ne plus pouvoir marcher, ce qu'il aime par-dessus tout. Je suis venue le voir à Paris, son état d'essoufflement était inquiétant à entendre. Albert me faisait des signes muets et désespérés pour que je cesse de lui parler, et surtout pour qu'il n'ait pas à me répondre. Comme je l'interrogeai sur les causes de ce souffle si rauque et court, il en a plaisanté :

— C'est toujours la fichue balle de Cottin, ma fidèle compagne.

J'avais presque oublié qu'en 1919, le 19 février, encore au sommet de sa gloire, il avait été attaqué. Il aurait dû mourir, n'a dû son salut qu'à la rapidité de son chauffeur, et encore une fois à sa chance. Il quittait son domicile, pour se rendre au ministère, et juste au coin de la rue Franklin et du boulevard Delessert, vers 8 h 40, un anarchiste, Émile Cottin, tire sept coups sur son automobile. La Rolls est criblée de balles, une l'atteint, logée dans son omoplate. Il ne dit pas un mot, rentre chez lui et commente : « Mon agresseur n'est pas très doué en tir. » La police arrive, la rumeur se répand, les médecins débarquent aussitôt : le diagnostic est unanime, la balle est trop dangereuse à extraire, ses médecins ont décidé de le maintenir ainsi, sans opération. Huit jours après, il met un point d'honneur à repartir au bureau, comme il dit. Mais depuis, il tousse sans cesse, s'essouffle facilement même s'il n'est pas peu fier d'avoir si bien résisté.

— Toutes ces années, je suis resté avec ma balle dans le dos. C'est une sensation qui me manquait. Je n'avais pas encore été assassiné. Vous savez que je l'ai fait gracier, le Cottin, je ne supporte pas l'idée même de la peine de mort, couper un homme en deux… J'ai assisté, il y a longtemps, à une exécution, une « tuerie administrative », celle d'un autre anarchiste, Émile Henry. Cette réjouissance de la foule, ce plaisir primaire à voir le sang couler est tout bonnement ignoble, j'en ai été révulsé. J'avais déjà vécu cela pendant la Commune, une foule incontrôlable et assoiffée de sang. Une démocratie ne peut accepter de se prêter à des rites dignes des temps barbares, on ne peut cautionner cela quand on se revendique civilisé.

Et toujours prompt à critiquer la religion, il m'a regardée en souriant.

— Je ne sens pas la même condamnation de la guillotine chez vos bons pères. Votre Église a dû oublier de respecter le « Tu ne tueras point ».

Puis, il m'a rappelé, au passage, un peu fier, tout en jouant la modestie, qu'après son attentat, tout le pays en avait été désespéré et ému, des foules s'étaient précipitées autour de son domicile, priant ou déposant des fleurs. Cette volonté de l'abattre, lui, Clemenceau, avait mis la nation en émoi. Churchill lui avait rendu alors un hommage vibrant et public, l'honorant aux yeux de toute l'Angleterre, « Georges Clemenceau incarne l'âme vaillante de la nation française luttant pour la liberté », « ce terrible petit vieillard », avait-il ajouté en privé, « IL est la France ». La balle le contraignait à l'immobilité. Cela n'a pas duré. Il s'est réagité fort vite.

Mais moi, je n'ai pas trouvé l'anecdote amusante. Il n'est pas immortel. Je n'ai pas compris non plus sa fureur, quand j'ai eu le malheur de lui dire que peut-être Dieu veillait sur lui, ma provocation n'était pas bien méchante, mais elle a soulevé un ouragan de protestation. Il a toujours le droit de se moquer de tout, il ne m'est qu'exceptionnellement offert de pouvoir plaisanter. J'en ai été pour mes frais. Il a retrouvé d'un seul coup sa petite lueur dure de diamant dans l'œil, sa moustache en vibrait.

— Je ne veux pas entendre parler de votre Seigneur. Il est bien plus coupable que les pires de ceux qu'il châtie à tour de bras. Je réclame le droit de mourir sans m'être embrigadé derrière qui que ce soit.

Cela a le mérite d'être clair.

— Et puis comme vous m'avez interrogé sur le droit de vote des femmes l'autre jour, je

vais vous en donner la raison, s'est-il énervé en tapant sur l'accoudoir de son fauteuil.

— Oh, Georges, ne vous mettez pas en colère, vous allez encore tousser.

— J'ai encore le droit de tousser, si vous m'y autorisez, Marguerite ?

Marguerite attaque.

— Bien sûr, je ne voulais que vous dire que nos droits semblent rares quand nos devoirs sont permanents, et supposés naturels. Nous ne représentons que la moitié de l'humanité.

Il s'est alors mis à gesticuler et à argumenter. J'ai bien compris qu'il nous soupçonnait toutes d'être une sorte d'obscure armée aux ordres des curés.

— Vous comprenez, ma chère enfant (voilà un terme qui m'énerve bien), livrer le sort du gouvernement au suffrage des femmes tout imprégnées de sacristie, c'est assurer le retour pur et simple de la France au Moyen Âge. Qu'on donne aux femmes dans la vie domestique tous les droits, toutes les garanties qu'on voudra contre l'homme dont la vie de travail et de lutte en fait trois fois sur quatre une brute, j'en suis d'accord. Vous savez, j'ai défendu les femmes, et leurs libertés. J'avais écrit, c'était il y a plus de vingt ans : « Il y aurait des créatures féminines, les unes honorables parce qu'elles ne font pas ce que les hommes honorables se plaisent à faire, les autres déshonorées pour servir à l'acte même dont l'espèce masculine se fait gloire. » Je n'étais pas dans l'air du temps, mais je savais aller dans le sens de l'histoire. Je

parlais de celles qu'on affuble de l'affreux qualificatif de petite vertu. Mais, pardonnez-moi, pour la vie politique, c'est une autre histoire ! Je vous rappelle qu'en 1907, j'ai obtenu pour les femmes mariées qu'elles puissent disposer du fruit de leur travail, de leur salaire. Mais les laisser voter, je ne parle pas de vous, c'est donner les clés du pouvoir aux curés. J'en suis désolé pour les vôtres, mais pour l'instant c'est ce qui doit être. On verra plus tard. Le risque politique est aujourd'hui beaucoup trop grand.

Ses jugements sont toujours aussi nuancés. Il croit toujours avoir raison, ou du moins, affecte de ne jamais douter. Fernand, lui, est beaucoup plus ouvert. Je suis repartie de la rue Franklin en l'embrassant sur le front. Il maugréait encore, mais il m'a pris la main pour atteindre le creux du poignet, semblant respirer ou plutôt inspirer mon parfum. J'en ai eu des frissons.

Nous avons repris notre correspondance, mais je sens bien que ce n'est plus pareil, des lettres plus courtes, un agacement qui transparaît entre les lignes ou même carrément dans son courrier. Voilà quatre ans que nous nous fréquentons, en est-il déjà las, est-il passé à autre chose ? Il a aimé Saint-Dié, était venu nous voir, en 1925, m'avait alors parlé de ces « deux journées de délices supérieures », mais il renonce à s'y rendre à nouveau, car il a peur du froid, du brouillard pour ses bronches. Il a vraiment vieilli. J'ai eu le malheur de lui parler de mes confitures de groseilles, que n'avais-je fait ? Il aurait préféré que je recommence à écrire un livre. Ces confitures étaient encore une offense, un aveu de médiocrité, même s'il les déguste sans hurler. Et quand je lui parle de mes soucis, notamment avec mes enfants, il s'emporte, m'accuse : « Vous avez toujours besoin d'être victimée. » Puis il me demande de lui pardonner. « J'attends avec tristesse votre lettre de demain qui me fera de la peine, parce que je vous en ai fait. Dès que vous vous êtes débarrassée du superflu de bile, vous redevenez charmante et enjouée. » Il a toujours été ainsi. Mais il y a depuis quelques semaines quelque chose d'un peu désespéré dans son courrier. Il me dit déplorer de ne plus avoir « sa tête d'autrefois ». Je lui ai fait envoyer des pamplemousses, je sais qu'il les adore et qu'ils sont rares en Vendée, ainsi que des hortensias pour son jardin de Paris. Il m'a remercié.

Mais la vérité est qu'il ne supporte plus d'être si souvent malade, et encore moins de se sentir diminué, même s'il s'applique à lui-même la cruauté et la lucidité qu'il a toujours eues pour les autres. « Je suis un écureuil empaillé que sa cage fait tourner. Je suis un peu dans l'état d'une vieille momie oubliée dans un placard, si vous vous souvenez de moi, faites-le-moi savoir. » Il me demande sans cesse quand je vais revenir. Je ne l'abandonne pourtant jamais, et lui tais mes chagrins. À chaque anniversaire de la mort d'Annette, et tout au long de l'année, je n'ose lui parler encore de mon désarroi, de peur de me faire rabrouer. En fait, j'y pense sans cesse, je ne peux oublier ma fille, même si je sais qu'il va me reprocher de ne pas savoir vivre et lutter. Et puis je crois avoir aussi le droit, parfois, d'avoir mes obligations, je traîne par moments à lui répondre, et ne peux pas toujours m'empêcher de lui raconter ma vie, si quotidienne. Mes jambes me font souffrir, les cures à Bagnoles me désespèrent, c'est d'un ennui mortel... Je crois que je vais arrêter ces sinistres séjours. Je le lui annonce, et le voilà alors qui se met fort méchamment à se moquer de moi. Il décrète que je dois obéir à mon médecin, qu'il me faut persévérer, tout en ricanant sur cette cure qui consiste, dit-il, « à se planter les guiboles dans de l'eau de vaisselle en se posant sur une chaise pourrie ». Voilà un encouragement à la hauteur. « Ce n'est pourtant pas ma faute si votre nombreuse postérité vous a mis le système veineux à l'envers », ajoute-t-il. Voilà un petit compliment de plus. Et pour conclure, tout en tempérance : « Il n'y a pas de raison suffisante pour vous faire mettre deux jambes de bois ». Mais je crois qu'il s'est repris et a voulu rattraper son ton vindicatif et presque méprisant, car ses lettres sont devenues de nouveau apaisées et presque aimables. Il continue à appeler ma maison mon nid d'Alouettes quand il est de bonne humeur, même si cela peut se transformer en mon « terrier féodal », dans ses mauvais jours. Hier, il m'a redit qu'il m'aimait. Je lui avais confié ne plus avoir aucun entrain pour surmonter mes ennuis. « La vérité est que je me sens vieille et lasse et surtout lasse de vivre », lui avais-je écrit. Il a voulu m'aider et se faire pardonner, pour encore une fois mieux me soutenir. « Venez, quand nous serons deux, nous vaudrons une armée, je vous apporterai l'étai d'une robuste sénilité. »

Je pleure souvent, je sens la fin proche, la sienne, la nôtre. Nous avons été tous deux fort malades cette année. Il m'a caché son état, mais je sais par Albert qu'il a beaucoup souffert. Il lui a intimé l'ordre de ne rien m'en écrire. Ce bon Albert qui lui fait ses piqûres d'insuline et passe, par amour pour son patron, de braconnier, pêcheur d'anguilles à infirmier. Il veut aussi cacher ses misères à sa famille. Il désire figer le temps afin que tout reste comme avant, refuse la réalité, affecte encore un peu de croire que la volonté l'emporte sur tout. Et pourtant, il a bien compris que nous étions tous deux, malgré notre différence d'âge, plutôt mal en point. J'ai eu une névrite. À la suite d'une forte fièvre, nous l'avons cru perdu. Il a la nostalgie de notre joyeuse correspondance des débuts. « Le malheur du temps veut que vous m'entreteniez du sort de vos jeunes jambes, tandis que je dois vous harceler des misères de ma vieille carcasse. » Et il se reprend aussitôt : « Vous avez emporté toute la vie de la maison en partant. Avec vous, les oreilles et les yeux avaient de l'occupation. J'ai vécu de bruits et voilà que j'entends aujourd'hui les pas étouffés du silence. »

Nous allons tenter de nous réconforter, je ne veux pas qu'il décline et j'ose espérer qu'il nous reste encore un peu d'avenir. Mais il n'écoute plus ses médecins, fait la forte tête. Gosset, son ami et docteur, l'a supplié de cesser de rester si tard dehors malgré le froid ou la pluie, ce qu'il appelle ses « bordées intempestives »...

Chaque fois que Georges entend cela, il s'énerve et change aussitôt de sujet de conversation. Il a pris froid en décembre dernier, s'est plaint de son larynx fragile, en a conclu : « Écoutez cette voix flûtée de si joli crapaud. » Mais il n'a rien changé à son mode de vie. Il est un cauchemar pour ses médecins. Le vrai de l'histoire est qu'il se tue au travail, il a terminé l'an dernier mon Démosthène, *mais procède sans cesse à des « ajoutages » à son livre,* Au soir de la pensée. *Rien ne lui convient jamais. Il épuise Plon, son éditeur et mon patron, se détruit lui-même en corrigeant, raturant 8 500 fois les épreuves de son livre. Il est têtu comme son âne. Mais je lui pardonne tout, et il le sait bien.*

Chapitre 15
Les années grises

Les raisonnables ont duré, les passionnés ont vécu.

Nicolas DE CHAMFORT

Journal de Marguerite

Georges est de plus en plus entouré par la mort, la maladie. Ses amis, sa famille quand ils le quittent en sont effrayés. « Je suis crevé », m'a dit-il avoué. Mais, pour aider ses proches et soutenir ses sœurs qui déclinent, il tente de se démultiplier. Il voudrait leur être d'une aide salutaire, il fait tout ce qu'il peut, les visite, leur cache la gravité de leurs maux, leur remonte le moral, lui qui n'a plus guère de ressources de joie ou d'entrain pour lui-même. Il veut se battre pour les siens, même si c'est au prix de sa propre santé. Il ne les lâchera jamais. Mais il s'épuise et faiblit. Il m'a écrit l'autre jour : « je suis incapable de suivre ma propre conversation, mon cerveau est en bouillie ». Je lui ai conseillé de cesser d'avoir un si grand nombre de visiteurs, un flux d'amis en Vendée, dont je sais par Albert qu'ils le fatiguent et l'empêchent de travailler. Lui-même s'en plaint à longueur de lettres, se dit exaspéré par son « carnet d'hôtellerie, déplore être harassé de visiteurs ». Il se désole de n'avoir plus le temps de penser.

À son habitude, il m'a répondu méchamment que je n'avais aucune leçon à lui donner en la matière, étant moi-même submergée d'invités : « Je pouffe et je repouffe de rire, vous passez votre temps à recevoir du monde. Je croyais avoir mené une vie agitée, mais je ne suis qu'une chenille dans son bocal à côté de vous. » Mais ce qui m'a le plus attristée et j'en ai pleuré silencieusement de longues heures, c'est quand il m'a écrit « nous n'arrivons plus à nous comprendre ». C'est peut-être vrai pour lui, mais au fond de moi, je sais que tout est faux. Quand nous étions plus jeunes, c'est lui qui me reprochait d'être trop timorée, de manquer du nerf et de la fougue nécessaires pour satisfaire ses appétits. Aujourd'hui, il m'est insupportable de le voir tant souffrir pour affecter rester d'attaque. Je sais qu'il en est humilié, même s'il accepte de voir les choses en face. « Mon écriture devient informe et je passe des mots. C'est la décomposition de la fin. » Il a bien compris qu'il est à bout de force et que le courage ne peut pas tout. Pour la première fois, il m'en a fait l'aveu. « Ce que vous ne voulez pas comprendre, c'est que je vieillis. Un homme de mon âge ne peut être toujours au degré de vibration que vous lui demandez. »

Il m'accuse sans cesse de le gronder, ce sont ses mots, me renvoie l'image d'une vieille fille grognon, celle d'une sorte d'institutrice acariâtre qui voudrait le corriger. Il ne comprend pas que je ne fais que l'implorer de bien vouloir s'épargner. « Ne me traitez pas comme un enfant gâté qui a désobéi à sa gouvernante », s'agace-t-il. Il n'hésite pas à me malmener, quitte à jouer à me faire peur et à me peiner : « Quand je serai mort, qui sera là pour vous dire vos quatre vérités, qui aura le courage de vous déplaire pour vous aider ? »

Étonnante inversion de l'histoire qui me frappe quand je relis ses premières lettres, et tous nos échanges depuis le premier jour. Lui qui voulait toujours être si jeune, oublier les années. Le voilà désormais qui les invoque, pour s'excuser d'être si las. Je ne veux pas le voir partir, même si c'est, je le sais, dans l'ordre des choses. C'était notre pacte, il devait m'aider à vivre, il l'a fait, je devais l'aider à mourir, je ne le peux vraiment. Peut-être parce que je sais qu'il n'y a aucun vrai futur pour moi sans lui, sauf à honorer sa mémoire et puis m'éteindre à petit feu.

Je veux, c'est une chimère, retrouver l'homme qu'il était, celui que j'ai rencontré et aimé. Je me berce d'illusions. Il a changé. Et je dois bien admettre que ces années qui nous séparent, naguère légères, sont véritablement mortelles aujourd'hui. Aussi pénible cela soit-il, il me faut admettre avoir un quasi-vieillard face à moi. Il a dit vrai en m'écrivant l'autre jour, j'ai vraiment eu honte de l'avoir malmené. « On ne gouverne pas un homme de quatre-vingt-six ans comme des enfants de douze ans. C'est ce qu'il vous arrive de ne pas comprendre. »

Je veux bêtement effacer le temps. Je suis trop maladroite, ne sais plus comment m'y prendre avec lui. Je relis sans cesse en pleurant ces quelques vers de « Colloque sentimental », dans un recueil de Verlaine, qu'une amie m'a offert. Je connais ce poème par cœur. « Dans le vieux parc solitaire et glacé deux spectres ont évoqué le passé... Qu'il était bleu, le ciel, et grand l'espoir ! L'espoir a fui, vaincu, vers le ciel noir. » Si je lui récitais ces vers, il me traiterait de midinette, me conseillerait plutôt de relire ceux, plus robustes, de François Villon, son poète français préféré, affrontant la vie et la mort avec morgue et dédain. Il me vanterait son éblouissant instinct de vie, son humanité vaillante, mort ou vif. Il hurlerait encore contre ces ramollissements de l'âme, qui ne conviennent qu'aux faibles. Mais sans me le dire, je crois savoir qu'il comprendrait. Il ne me l'avouera jamais. Encore une fois, j'ai décidé de me taire.

Mais en ces temps tourmentés, je suis fière d'avoir allégé sa peine. Il comprendra peut-être que même une femme peut remuer des montagnes, et n'est pas physiologiquement condamnée à suivre le cours des choses, en toute passivité.

C'était il y a un an, en avril 1926, que tout avait débuté. L'appartement de Georges, rue Franklin, et en fait tout l'immeuble devaient être vendus aux jésuites de Saint-Louis-de-Gonzague. Le président n'avait bien sûr pas les moyens d'enchérir, encore moins de surenchérir. Il s'était fait à l'idée, ne possédant rien, de se replier à Saint-Vincent-sur-Jard pour y finir ses jours. Il avait dit à Albert en se couchant, le 18 mai : « À présent, notre sort est réglé, nous irons en Vendée. » Ses finances constamment en berne – ses journaux avaient tout avalé, son héritage compris –, il n'avait jamais pu acheter un appartement. Il avait été un éternel locataire, sans bien sûr, m'avait-il précisé, en être le moins du monde contrarié. « Vous savez, je n'ai jamais voulu, ministre ou président du Conseil, bénéficier du moindre logement de fonction, ou de ce qu'on appelle bêtement les "ors de la République". J'ai toujours habité à la maison. Vous comprenez, si je professe des principes, le minimum est bien de me les appliquer à moi-même. » Exproprié, il n'avait donc nulle part où aller sauf dans sa bicoque. Il ne possédait plus rien car c'était Paul, son frère, qui avait hérité de L'Aubraie, son père ayant vendu bien des terres pour liquider les dettes de son fils. Tirer le diable par la queue était devenu une habitude bien cachée, il était toujours désargenté, mais s'en moquait. Son ami Nicolas Pietri veillait toujours à ce qu'il ne manque de rien au quotidien, rémunérait en douceur et en secret Albert, Clotilde et Brabant, et ajoutait toujours du superflu au nécessaire pour que le président vive confortablement.

Mais là, je ne pouvais laisser faire, mon Clemenceau, leur Père la Victoire jeté de chez lui à cet âge, il fallait s'activer sans perdre de temps. J'ai alors monté, avec Fernand, une opération, dans le plus grand secret et surtout totalement en cachette de Georges.

Il s'est ainsi endormi le 18 mai au soir, encore plus tourmenté qu'à son habitude, miné par le chagrin de devoir quitter son antre (c'est Albert qui depuis me l'a raconté, alors qu'il affichait officiellement une indifférence totale). Le 19 au matin, Albert avait pénétré dans son bureau, lui avait déclaré que le nouveau propriétaire désirait le voir.

— Les jésuites ? avait-il ragé.

— Non, monsieur, un Américain.

C'était Bacon, le chargé de pouvoir de James Stuart Douglas, un ami à nous, que Clemenceau lui aussi connaissait bien. Solennellement, il était venu lui remettre les clés de chez lui et lui avait offert de conserver son appartement, pour toujours.

J'avais alerté Douglas, quelques semaines avant le drame annoncé. Nous avions, Fernand et moi, ainsi que de nombreux amis et nos relations outre-Atlantique, activé l'opération. Il ne pouvait être à la rue. Douglas était fou de Clemenceau depuis la guerre, son père et lui avaient toujours eu le culte du grand homme français. Héritier d'une très riche famille ayant fait fortune dans l'exploitation de minerai, il avait remporté la vente aux enchères. Douglas n'avait pas lésiné ni compté, il avait racheté tout l'immeuble pour que le président pût rester dans ses meubles.

C'était un « coup à ma façon », j'en étais fort heureuse. J'ai remercié le ciel, par la suite, que l'opération ait pu se mener avant la grande crise de 1929. Mais une fois encore, quand il a tout appris, loin de me – ou nous – remercier, il m'a fait la leçon. Et Dieu qu'il m'a sermonnée. Je n'aurais rien dû entreprendre sans son autorisation, c'était mal faire que d'oser mener l'opération sans son approbation, une insulte à sa dignité. « Il ne faut rien faire de ce qui me concerne sans me consulter, mon enfant », et blablabla. J'ai affecté d'être affligée de le voir si furieux. Il m'a consolée. J'ai fait mine de bouder, de regretter, mais j'ai savouré son plaisir et son soulagement. Il a fini par accepter, m'a déclaré, un peu théâtral : « C'est bon, Marguerite, je lève mon veto. » Il faisait plaisir à voir. En revanche, il avait refusé les 600 000 francs que Douglas voulait lui donner en plus, pour améliorer son quotidien. Ils termineront à la Fondation Curie.

Ces derniers temps, il a subi bien des épreuves. Il me répète sans cesse être cerné par la mort, la maladie, et que même son Monet est fort mal en point. Il trouve que rien n'est plus comme avant. Sans compter de nouvelles attaques politiques, sur son rôle pendant la guerre. Je le sens à bout d'énergie. Il s'inquiète encore une fois, cela frise l'obsession, de voir les Allemands si vaillants quand les Français eux restent toujours placides. Il dort de moins en moins bien, voudrait retrouver le bon sommeil de ses jeunes années, ce qu'il appelle « le délice provisoire du non-être ». Heureusement, dès qu'il se sent un peu mieux, il trouve la force de se passionner de nouveau. Il a lu une nouvelle biographie de Nietzsche, une histoire de l'Inquisition, sans compter une relecture des Lettres persanes. *C'est bon signe ! Cet appétit pour les idées, cette curiosité intellectuelle sont ses planches de salut. Je le suis peut-être aussi un peu à ma façon. Et même si cela semble dérisoire, il a aussi des petits plaisirs, plus prosaïques, qui réinventent et facilitent son quotidien. Il vient d'installer l'électricité à Belébat, ce qui le ravit. Il a aussi reçu son réfrigérateur, de la compagnie Electrolux de Paris, dit-il, une petite merveille, bourdonnante, paraît-il, qui l'enchante et le désarçonne à la fois. Il veut m'en offrir un. En ces étés 1927, 1928, il trouve le climat vendéen équatorial. 1929 sera pire encore, 35 degrés à l'ombre, en juillet ! Il s'énerve contre le dérèglement des saisons, mais se délecte de thé glacé, sirote une citronnade enfin vraiment fraîche. Il est comme un enfant face à ces prodiges de la technologie. Il a bien mérité de boire frais, lui qui se targue, et c'est la vérité, de se mener si souvent la vie dure.*

Survivre à ses morts lui coûte. Il dit sans cesse espérer pouvoir un jour et pour toujours enfin se reposer, ses grands devoirs accomplis, dans un cimetière qu'il appelle « le champ du repos ». Le 1er avril 1928, il m'a encore écrit : « Je sens venir l'aide finale, d'un grand repos. » Le repos, c'est devenu une obsession. Nous serons, ses fidèles et moi, à la tâche pour le soutenir. Le grand repos va devoir attendre un peu. Il a encore devant lui bien des épreuves avant d'être en mesure d'avoir le droit, comme il le dit, de pouvoir mourir en paix. Et d'accéder enfin au repos éternel.

Chapitre 16
Avant le grand repos éternel

Je m'accroche à la vie avec des ongles mous. Quelque chose s'en est allé de moi. J'en arrive à croire que derrière ce mot « vieillesse », il y a tout de même une réalité.

Georges CLEMENCEAU

Les dernières années de Clemenceau seront une forme de chemin de croix, même si, pour cet anticlérical patenté, l'expression peut sembler inappropriée. Marguerite sera toujours à ses côtés, mais lui a la tête ailleurs. La situation internationale le dévaste, la politique française tout autant. Mais c'est la disparition de Monet, de ses sœurs adorées et son petit frère vénéré qui entamera une part de sa foi en l'existence, de sa fougue aussi. En vieux combattant qu'il est, il ne baissera pas pour autant les bras, même s'il a de moins en moins la force de les relever. Il va peu à peu perdre cette forme de hargne, cette manière de flamboyance et de morgue qui lui permettaient de pouvoir et de savoir au nom de quoi il lui fallait toujours surmonter le malheur, pour rester encore une fois debout. Il devra parfois se rendre, non à des ennemis, mais à la réalité, à la fatalité. Il est las, si las, même parfois de Marguerite. Leur passion littéraire, l'ardeur des premiers mois a quelque peu passé, laissant la place à ce que l'on appelle pudiquement une tendre amitié. Mais tout cela, il faut bien l'avouer, n'a plus le charme des premiers temps.

« Le vide s'accentue », constate-t-il, à bas bruit. Il va, ces années-là, devoir compter ses morts. L'année 1926, Georges perd deux de ses amis les plus chers. D'abord, Gustave Geffroy, qui avait tenu à leur grande époque de journalistes des chroniques sur l'art dans *La Justice* et l'avait introduit dans les milieux artistiques et littéraires. Cet ami fidèle lui avait donné l'occasion de renouer avec la véritable passion de sa vie, Claude Monet. Le trio était inséparable. Son fidèle Gustave était parti début 1926. Monet allait suivre bientôt.

Dans ses jeunes années, Clemenceau avait croisé le peintre au Quartier latin, « deux grands yeux pleins de feu, une barbe noire aux poils fous ». Ils avaient à peine vingt ans et s'étaient plu aussitôt, partageant leur passion républicaine, une même haine pour l'Empire, et étant par la suite devenus tous deux dreyfusards. Un Monet débutant, totalement désargenté et moqué, comme tous les impressionnistes à l'époque, traités d'aliénés par les « grands sachants » sûrs de leurs avis et définitifs dans leurs jugements. Clemenceau avait déjà saisi chez Monet « l'incomparable véhémence de sa simplicité ». *Le Figaro* conclut à l'époque : « Le sentiment que procurent les impressionnistes est celui d'un chat qui se promènerait sur le clavier d'un piano ou d'un singe qui se serait emparé d'une boîte de couleurs. » Monsieur Roger Ballu, inspecteur des Beaux-Arts, avait brillé par son flair et la nuance de ses conclusions : « Quand les enfants s'amusent avec du papier et des couleurs, ils font mieux. » Par la suite, d'autres critiques visionnaires, jugeant bien des artistes encore non reconnus, emprunteront cette même image. Un grand classique. Monet s'en moquait. Monet s'acharnait. De toutes les façons, il n'était qu'obsédé par le sens et la vérité qu'il voulait donner à sa peinture. Il était le premier à se maltraiter sans cesse ; qu'on l'aime ou le reconnaisse dans les hautes sphères n'était pas son sujet. Ses tourments n'étaient pas mondains.

Et puis Clemenceau et lui s'étaient retrouvés quelque vingt ans plus tard, dans les années 1880, et ils ne s'étaient plus quittés. C'était alors un Monet encore plus tyrannique avec l'ensemble de son entourage, Clemenceau compris. « Des accès de fureur où il ne s'épargnait à lui-même aucune injure », savourait le président. Un jour, Monet avait voulu lui donner son autoportrait, puis s'était repris, avait voulu le lacérer, jusqu'à ce que Georges et Geffroy s'interposent. Le peintre, souvent un peu dément, avait fini par jeter violemment le portrait dans la voiture de Clemenceau en hurlant : « Emportez-le et qu'on ne m'en parle plus. » Malgré ses colères, rien en lui n'effrayait le président, il admirait chez son ami ce refus du compromis, et plus encore, il appréciait que rien, chez cet homme, ne soit jamais mou ou mesuré... Il lui trouvait parfois dans l'œil quelque chose de cruel et de sauvage, ce n'était pas pour lui déplaire. Clemenceau en acceptait la loi.

Marguerite, elle, en était parfois désarçonnée, mais pas question de critiquer Monet. De toutes les façons, Georges l'admirait définitivement, l'aimait pour l'éternité. Peut-être trouvait-il aussi en lui comme en miroir de lui-même, cette force de caractère qu'il recherchait en tout homme, et qu'il ne trouvait que rarement chez ses contemporains. Il avait assurément, cela avait son charme, enfin trouvé son maître en intransigeance.

Claude disait sans cesse à son ami : « Ma peinture, on s'y fera peut-être, mais je suis venu trop tôt. » Clemenceau l'assurait avec véhémence du contraire, mais ce vague sentiment d'être incompris par ses pairs et par son époque, Georges l'avait, lui aussi, bien souvent ressenti. Ils étaient donc liés par une sorte de fraternité irrationnelle, formaient un couple étrange et soudé, des inséparables. Ils se comprenaient par-delà les mots.

L'amour du président pour Monet en était devenu franchement déraisonnable, aveugle et aveuglant. Il lui passait tout, ou presque. Le peintre était bien le seul à bénéficier de sa mansuétude presque béate, lui qui n'épargnait jamais les siens, et encore moins les siennes. Le talent de Monet semblait tout excuser. « Avec un peintre qui pleure, qui meurt de rage devant sa peinture, il y a de l'espoir. »

Comme un couple qui avait ses règles, ses coutumes, chaque fois qu'ils se retrouvaient à Giverny – le dimanche était leur jour –, ils s'étreignaient longuement, sans s'embrasser toutefois – pas l'époque, ni le genre. Ils avaient, il faut le dire aussi, en dehors de l'amour de l'art et des fleurs, une passion pointilleuse pour l'heure précise des repas. Monet adorait les alcools forts que son ami lui rapportait de chez le père Cristal. Marguerite assistait parfois à ces agapes, mais elle n'était jamais qu'une visiteuse. Ils n'étaient toujours ensemble que deux.

Quelque 144 lettres de Georges entre mai 1895 et septembre 1926, moins de réponses de Monet, mais une fidélité à toute épreuve. Et Clemenceau, qui ne supportait presque jamais qu'on lui tienne tête, tolérait d'un seul, le peintre de sa vie, des récriminations, des caprices et souvent beaucoup de mauvaise foi. Il lui faisait remarquer parfois que s'il ne se calmait pas, il finirait à Charenton (un célèbre hôpital psychiatrique de l'époque), puis il se ravisait, redevenait tendre en lui donnant des petits noms (« ma vieille bête de génie », « mon cher vieux bipède ») ou signait simplement « Claude, je t'aime ». Des formules parfois enfantines mais jamais formelles ou compassées. Ce Monet, son « vénérable débris », était une sorte de double de lui-même, mais un double légèrement augmenté par cet art de la lumière et des couleurs tant maîtrisées dont Georges était presque jaloux. Leurs lettres n'étaient jamais banales, toujours débridées : « Moi, comme un vieux moulin désailé dont la mer a emporté la meule, j'agite des moignons d'ailes qui font peur aux papillons. C'est-à-dire que je suis aussi fou que vous, mais que je n'ai pas la même folie. Voilà pourquoi nous nous entendrons jusqu'au bout. » En fait, c'est surtout Clemenceau qui lui écrivait, comme toujours en demande. Monet était bien plus économe. Mais ils ne se sont jamais manqués.

Et pourtant, ils eurent des orages, des affrontements fort violents. Quand Claude perd presque la vue, ne distinguant plus les jaunes du vert, ne percevant plus que des esquisses lointaines et brumeuses de ses tableaux, il refuse, repousse de façon butée toute forme d'opération de la cataracte. Le président, qui a toujours été du côté de la science, déteste cette forme d'obscurantisme qui refuse le progrès, s'emporte alors. Il alterne menaces et douceur, le harcèle jusqu'à lui faire craindre de finir sa vie dans le noir pour toujours. « La cataracte est moins désagréable que d'être prostatique », ira-t-il jusqu'à lui assurer pour tenter de le convaincre d'affronter cette intervention sur sa rétine surmenée. Clemenceau s'était lui-même fait opérer en 1912, à une époque où l'ablation de la prostate était hautement risquée, et souvent mortelle. Il saura, à bon droit, secouer son ami : « De mon point de vue, je découvre dans l'homme deux catégories : ceux qui se plaignent et ceux qui ne se plaignent pas. Où choisiras-tu de te placer ? » Grâce à ces sermons, à ce harcèlement permanent, il obtiendra gain de cause, après plusieurs mois. On est en 1923. Clemenceau lui tiendra la main, à chaque étape, lui trouvera le meilleur chirurgien, le roi des ophtalmologistes, car il faut, bien sûr, le meilleur pour Monet. Il assurera une surveillance quasi quotidienne de son patient qui l'est si peu, s'occupera avec une douceur maternelle de celui qu'il appelle « son vieux petit bébé ». Il l'adjure d'attendre sans grincher, ni se lamenter en permanence, les résultats de son opération. Il lui fera alors – c'est un paradoxe – l'éloge de la patience, exigeant de lui une forme de sérénité, qu'ils ne pratiquent ni l'un ni l'autre. Monet recouvrera assez largement la vue.

Mais ils auront un contentieux plus grave. À la fin de la guerre, le 12 novembre pour être précis, Monet décide, pour remercier la patrie et honorer Clemenceau, de donner *ses* nymphéas à l'État. Georges en est bouleversé, si touché, lui qui considère ces peintures comme le chef-d'œuvre des chefs-d'œuvre. « C'est ma seule manière de prendre part à la victoire », lui écrit Monet. Et quand ils se retrouvent, quelques jours plus tard, Monet lui demande : « La guerre, c'est véritablement fini ? » Ils pleureront ensemble, éperdus d'émotion au nom de la paix retrouvée.

Afin que l'exposition de ses toiles convienne en tout point aux vœux de Monet, Clemenceau engagera les deniers de l'État pour que le musée de l'Orangerie, aux Tuileries, soit entièrement disposé à la guise de l'artiste, afin d'accueillir au mieux cette merveilleuse succession de toiles, qui se doivent d'être présentées dans la continuité et selon un ordre ardemment exigé par Monet. Clemenceau usera de toute son autorité pour obtenir ce qu'il désire, obtiendra tous les aménagements pour le satisfaire, bousculera tous les ministères, même s'il n'est plus au pouvoir… Mais, alors que tout est prêt, Monet se rétracte, hésite, change sans arrêt d'avis, bref il ne veut plus donner ses tableaux. Et si, parfois, le président se moque de son tempétueux ami par un « Vous avez réagi avec la douceur virginale qui vous est coutumière », cette fois son ton se fait plus agressif, l'État est en jeu, il s'agit de la France. « Aux vieillards comme aux enfants, on pardonne tout ce qu'on peut, cependant il est un degré à ne pas dépasser. Un homme, artiste ou non, n'a pas le droit de manquer à sa parole d'honneur, surtout quand c'est à la France que cette parole fut donnée. » Le verbe est vif, le ton cinglant, l'amitié ne peut excuser tout. Le conflit s'apaisera, un peu. Clemenceau ne pourrait y survivre. Il en est comme désespéré, prend Marguerite à témoin. Elle tentera, elle aussi souvent invitée chez le maître, de le faire revenir à la raison. Cela sera fait, bien des années plus tard, après la mort du peintre. Il aura fallu beaucoup de temps, mais là encore, Georges pardonnera tout.

Au début de l'année 1926, Monet est épuisé, ses médecins lui ont diagnostiqué une mauvaise maladie des bronches, plus probablement un cancer qui n'a que peu de chances de guérir. Comme à son habitude, Clemenceau se fait alors autant ami que médecin. Il veut à tout prix lui cacher l'issue fatale de sa maladie. Et, pour ne pas l'abattre, il en rajoute, lui écrit en août, quelques mois avant sa mort : « votre nature est merveilleusement résistante ». Il lui raconte une vie longue à venir, et faite de succès. Qui des deux amis est vraiment dupe ? Georges correspond chaque jour avec les médecins du peintre pour que la version donnée au malade ne le prive d'espoir ou ne le fasse plonger dans ces accès de dépression ou de mélancolie qui sont si coutumiers chez lui.

L'été 1926, Clemenceau qui, pour une fois dans sa vie, a décidé de fuir la réalité, écrit à Marguerite : « Si je vivais avec lui, dans quinze jours, il serait sur pied. » Il espère tant une forme de miracle, lui qui n'y a jamais cru. Il rêve. Marguerite n'a pas le cœur à le démentir. Elle fait mine de partager son espoir. S'il vivait, Monet pourrait enfin jouir de sa notoriété, y trouver une forme de réconfort qui l'aiderait à tenir plus longtemps. Ils retrouveraient, tous deux, leurs promenades sur le pont de Giverny et leurs déjeuners du dimanche. Monet connaît maintenant un peu le succès, presque la reconnaissance… S'il vivait… Ils pourraient être de nouveau tous les deux heureux. Mais c'est une chimère, car, malade ou bien portant, aucune de ses toiles n'est jamais au goût de Monet. L'avenir, l'apaisement, il s'en moque. Sans doute et pour toujours, la réalité est perpétuellement en deçà de son inatteignable rêve. Monet va mourir comme il a vécu, en colère. Clemenceau n'y peut plus rien. Une part de lui, et elle est indicible, partira avec son ami.

Monet souffre beaucoup, ne peut plus peindre ou si peu. Clemenceau prend chaque jour des nouvelles du peintre auprès de sa famille, attend, en vain, un petit mieux. Il lui rend visite le 2 décembre, trois jours avant sa mort. Il tente de l'égayer, lui parlant de leur futur à tous deux, des nymphéas, de la lumière qui décline en ces mois d'hiver, mais qui sera si délicieuse au printemps, source pour lui d'enchantement, avec ses nouveaux yeux réparés. Et quand en ce matin du 5 décembre 1926, le président apprend, par téléphone, qu'il lui faut accourir pour serrer dans ses bras, une dernière fois, son ami à la barbe jaunie par le tabac, « son vieil éberlué », Clemenceau est effondré. Il s'y attendait mais refusait de s'y attendre. Il redoutait chaque jour ce coup de téléphone qu'il savait déjà mortel. « Je suis un pessimiste qui se forge son optimisme chaque jour », déclarait-il fréquemment, mais il avait, en ce jour, conclu avec tristesse « la vie est faite de bonheurs approximatifs et de malheurs certains ». Là, plus question de discuter. La partie est finie. Alors, il roule à un train d'enfer pour rejoindre la maison de son ami. Il le retrouve pour la dernière fois. Monet meurt à midi.

Quelques jours plus tard, le 8 décembre, ce sont les obsèques. À un employé des pompes funèbres qui a revêtu le cercueil d'un drap noir, comme pour un quelconque mortel, Clemenceau dit, joignant le geste à la parole : « Pas de noir pour Monet, le noir n'est pas une couleur. » Il arrache alors la funeste parure, s'empare d'une cotonnade aux couleurs et motifs de pervenches, myosotis et hortensias, encore leur secret langage des fleurs, pour en recouvrir le cercueil. C'est le moins qu'il puisse faire.

Ils ne pourront plus jamais, comme il le lui avait écrit, « frotter les uns contre les autres leurs vieux poils défraîchis, pour leur rendre un peu de la jeunesse perdue ». Il veut juste lui redonner pour l'éternité un peu de ces couleurs, de la lumière qu'ils ont partagées. Monet est mort. Clemenceau suit le cortège. La procession jusqu'au cimetière est longue et sinistre dans le froid de l'hiver. Clemenceau a le pas traînant, lourd et hésitant. On le voit accablé et, pour une fois, la tête penchée. Veut-il cacher ses larmes ? Plus probablement, le haut chagrin lui fait baisser la tête. Ce jour-là, lui si inspiré, si bravache aux pires moments de la guerre, sachant si bien exalter les foules de parlementaires dans les plus durs moments, si valeureux dans la détresse, ce jour-là, il ne put parler, tant il pleurait.

Pour honorer à jamais son Monet, il dédiera, en 1928, à son « camarade d'idéalisme », un livre enflammé – ce sont les seuls hommages qu'il vénère, les écrits, ceux qu'il croit éternels. Pour Monet, il prendra encore une fois sa plume, lui adressera *Les Nymphéas*. « J'écris un bouquin sur Monet, c'est une chose assez belle que la vie d'un homme qui n'a jamais eu de joie que dans la souffrance. Je l'ai aimé, je l'aime encore, lui qui n'avait pas la crainte de rêver trop haut. » Et ils étaient deux. « Monet mourut en doutant de lui-même, n'est-ce pas dire où il mettait le succès », dira Clemenceau. Fait-il un parallèle entre leurs deux vies ? Clemenceau, le laïc militant, avouera avoir été, bien des années avant, « foudroyé » en 1895 par l'œuvre de son ami. Il s'agissait des *Cathédrales*. Son anticléricalisme n'excluait pas la transcendance. Certains y reconnaîtront la recherche d'un au-delà.

Puis les mois passent. Obsèques sur enterrements, c'est le lot des vieux, dit-il. Il mettra en terre un de ses médecins, Florand, et bien d'autres suivront, cela commence à faire beaucoup, pense-t-il. Il ne s'épargnera jamais les cérémonies, même s'il refuse obstinément les messes et préfère rester en dehors de l'Église, le temps de ces célébrations qu'il refuse. Entendre que c'est enfin une joie d'être au ciel, un bonheur d'être mort pour rejoindre Dieu ! Quand tous ces hommes, toutes ces femmes n'aspiraient qu'à vivre, même encore un peu, c'est pour lui un sermon insupportable, une funeste imposture. Il déteste ces religions qui promettent aux vivants des joies dans l'au-delà dont ils n'ont pu bénéficier sur terre. « La justice promise fut reléguée dans l'autre monde dont nul n'est jamais encore revenu nous raconter les merveilles. » Il ferme le ban.

Mais il sera toujours là, à sa façon laïque, respectera la tradition, enterrera ses aimés. Il ne leur fera jamais défaut, même épuisé. Aux obsèques d'un Vendéen de ses amis, Ouvrard, il avait prévenu : « On m'avertit que la messe durera une heure, je passerai ce temps dans ma voiture avec un volume de Madame de Sévigné. » Mais il est là. « Cet enterrement en pleine chaleur m'a fatigué plus que ne le fera certainement le mien. » Et en ces jours de peine, il fait encore des mots d'esprit, fanfaronne un peu. Cela ne va pas durer…

En moins d'un an, il perdra ses deux sœurs adorées, puis ce sera le tour de son petit frère Albert, celui qu'il appelait le gosse, quand lui le surnommait « le Patron ». Il était de vingt ans son cadet, il le considérait comme un fils. Il n'aurait pas dû mourir si jeune, à soixante-six ans, d'une méchante crise d'angine de poitrine, une crise cardiaque inattendue pour Georges, mais ne le sont-elles pas toutes ? Chez les Clemenceau, on dépassait allègrement, depuis plusieurs générations, les soixante-dix ans, on frôlait même les quatre-vingts ou plus. C'était presque miraculeux pour l'époque. Clemenceau s'était pris à croire que cette règle s'appliquerait à tous. Ce sera le cas pour ses sœurs, qu'il protégera jusqu'au bout. La mort d'Albert, son frère, le plongera dans une infinie mélancolie. Il la ressentira comme une injustice. Alors, comme pour contrer le sort, malgré sa tristesse et sa fatigue, il va soigner ses sœurs âgées, les veille jusqu'au dernier moment, avec toujours cette même volonté de ne jamais leur dire la vérité, afin de les épargner, les protéger, en leur cachant leur irrémédiable maladie, l'inévitable fin. Il se démènera pour elles, les visitera sans cesse, le matin, les après-midis, quitte à sillonner les routes des heures entières, en dépit de sa fatigue et de son âge. Il a presque quatre-vingt-sept ans.

Marguerite se joint souvent à ces visites, elle connaît bien ses deux sœurs. Adrienne, affligée de son pied bot, éternelle célibataire, qui le vénérait tant et ne prenait jamais une décision sans en référer à son frère chéri. Et Emma, sa vieille grande sœur qu'il assistera jusqu'à sa dernière minute. Il dira d'elle, considérant que c'était le plus bel éloge : « elle n'a jamais fait de peine à quelqu'un qu'elle aima ».

Sa turbulente Sophie, qui lui ressemblait tant, était partie en 1923. Le cancer du sein emportera bien des femmes de sa vie. Il veillera sur tout, sur toutes, s'assurera que les femmes qui les soignent, leurs dames de compagnie si éprouvées en ces fins de vie, mais dont la présence est essentielle, sont correctement logées, bénéficient de toutes les commodités qu'elles méritent. Il ne les traitera jamais comme « du personnel » ou de la domesticité.

Il est à bout de force, il le sent, il le sait. Il est seul. Trop de morts, trop de douleurs. Mais il va devoir se relever, encore une fois, pour l'épreuve finale. Ce sera son ultime effort, son dernier combat. Il ne l'a pas vu venir, mais il va devoir repartir au front. Un mal pour un bien, peut-être. « Le souffle des grands jours a magiquement ranimé la vieille flamme toujours brûlante des émotions d'autrefois. » Il a quatre-vingt-huit ans, on l'attaque, il va être au rendez-vous. Il revit.

Chapitre 17
Le temps des offenses

J'étais mort, ils m'ont ressuscité ; tant pis pour eux. J'ai serré les dents, patienté. Maintenant, je ne puis plus. Il ne faut pas demander à un homme de s'enterrer lui-même. C'est affreux.

Georges CLEMENCEAU,
avril 1929.

Journal de Marguerite

J'ai été à ses côtés ces derniers mois d'horreur, comme je le fus avant. Mais aujourd'hui, la gravité l'a définitivement emporté sur nos années de bonheur. Je l'ai accompagné au chevet de ses sœurs, ai tenté de le consoler de la perte de son Monet. Pour l'apaiser, j'avais essayé, moi qu'il ne croit pas cultivée, de lui livrer cette petite conclusion d'un livre de Tchekhov, Le Chant du cygne *: « Là où il y a de l'art, là* *où il y a du talent, il n'y a ni vieillesse, ni solitude, ni maladies et même la mort n'est plus que la moitié d'elle-même. » Il m'a écoutée en souriant tristement. J'avais appris, moi aussi, à aimer Monet en dépit de sa relation exclusive et tempétueuse avec Georges. C'est vrai qu'ils ne m'accordaient, quand ils étaient ensemble, qu'une place de second choix. J'ai cru aussi comprendre, et j'en ai souffert, que pour Georges, l'amour était une chose passagère quand l'amitié, elle, était sacrée. Mais j'ai appris, au cours du temps, à l'aimer tel qu'il est et non tel que j'aimerais qu'il soit.*

Ainsi, je dois avouer que j'ai été fort jalouse, quand j'ai appris par une indiscrétion qu'il écrivait quotidiennement à sa jeune et nouvelle secrétaire Marcelle, et ce depuis de nombreuses semaines. C'est vrai qu'elle a vingt ans et semble en perpétuelle extase devant lui, presqu'en état de lévitation dès qu'il ouvre la bouche. Quand je la croise, elle semble bien agacée. L'autre jour, alors qu'elle était à Belébat et s'apprêtait à rentrer à Paris, il lui a dit – les cloisons de sa maison sont minces, il ne savait pas que je pouvais entendre sans vouloir écouter – « votre sourire est ce que je préfère, donnez-moi de vos nouvelles ou je deviens enragé ». Elle se vante même qu'il l'ait poussée à écrire… Cette pauvre Marcelle s'est prise au jeu. J'ai d'abord été vexée, puis furieuse, de la voir se pavaner avec ses cheveux courts, sa jupe au genou, et son air supérieur. Cela m'est passé. D'ailleurs, elle a démissionné, est rentrée chez elle, dans le sud. Bon vent !

Il faut croire que l'âge venant, le temps passant, j'ai dû acquérir une forme de philosophie. Moi aussi je vieillis, et le regarde désormais presque comme un enfant, à qui on doit passer bien des choses.

Aujourd'hui, je suis sans cesse inquiète, car c'est avant tout lui qui m'importe, quelles que soient ses petites infidélités. Son écriture est devenue presque illisible. Il me confie qu'une bonne nouvelle serait la bienvenue. J'en suis d'accord, mais elles se font bien rares. Il se désole en m'écrivant : « la seule aventure qui m'arrive est qu'il n'y a point d'événement dans ma vie ». Cela ne va pas durer très longtemps.

Son seul vrai plaisir a été la publication de son livre, Au soir de la pensée, *après six ans d'écriture exigeante et de ses fameux « ajoutages » dont j'ai cru qu'ils ne finiraient jamais – car je suis aussi son éditrice ! Il est toujours aussi intransigeant, mais il a enfin accepté de le terminer – même s'il a bien des réticences avec la notion de point final. « Si je n'avais pas écrit ça, je me sentirais mal à l'aise dans l'éternité, c'est pour moi la conclusion, l'achèvement », m'avait-il déclaré.*

Il s'est trompé. La sortie d'un livre d'entretiens posthumes de Foch, avec un journaliste, un Monsieur Raymond Recouly réécrivant l'histoire de la guerre à leur façon, l'a bouleversé. Il vient de décider de reprendre la plume pour laver son honneur et défendre sa postérité. S'il ne le fait, qui le fera ? Au début, il se refusait à « polémiquer sur un cercueil », mais l'affront était tel, la blessure si intense qu'il s'est ravisé : il va répondre à cette provocation. « Mon bon Foch, me voici ! »

Cet ouvrage qu'il se doit d'écrire va probablement l'achever. Je le sais. Nous le sentons tous autour de lui. J'aurais préféré qu'il puisse profiter de nos derniers étés. Cette maudite année 1929 va être presque uniquement consacrée à réparer cette offense, il s'en est fait le serment à lui-même. Il me dit de venir le voir, à la condition de le laisser écrire et travailler. J'obéis. Répliquer va le tuer, mais se taire l'aurait mis au tombeau. Ma seule consolation est que je le sens relever la tête, et ressentir cette franche excitation qui précède une bataille et le rend de nouveau frémissant.

Il s'astreint à une vie spartiate, pour être à même de terminer son dernier livre. « Je suis bien décidé à ne plus commettre aucune imprudence. Je me sens vraiment trop usé et vieilli, trop fatigué pour ne pas prendre toutes les précautions nécessaires en vue de prolonger quelque peu mon existence. » Il veut rester en vie, encore quelques semaines pour pouvoir monter au front. Je ne me fais aucune illusion. Je pressens qu'il va, une fois encore, réussir à vaincre la fatalité, mais à quel prix ? Il n'y survivra pas. Pour moi, ensuite, tout sera fini, ou presque. Je ne pourrai plus que tenter de perpétuer sa mémoire... Puis je le rejoindrai.

Ce sera, enfin, le moment de retrouver Annette, pour toujours.

Le petit milieu parisien en bruissait depuis des semaines : s'annonçait un livre dont on murmurait qu'il était terrible pour Clemenceau, sorte d'assassinat en bonne et due forme du président, un réquisitoire pointant ses défaillances supposées pendant la guerre. *Le Mémorial de Foch*, tel en était le titre, et quel mémorial ! Tout avait été remarquablement mis en musique. Un mois pile après la mort de Foch, le livre était, comme prévu, édité. Il allait devenir un succès de librairie, offense supplémentaire pour le président Clemenceau. Qu'il s'agisse de la guerre ou de la paix, Foch s'y attribuait les beaux et premiers rôles, dépeignant un Clemenceau autoritaire et dominateur, mais surtout presque toujours dépassé par les événements, rarement à la hauteur des circonstances, souvent défaillant au regard de ce que la France aurait mérité.

En avril 1929, Georges se plonge dans l'ouvrage, préfère affronter la vérité en face, et ne pas se contenter des rumeurs, ou de ce qu'on ose lui en rapporter. Il en est effaré, peiné, mais aussi, paradoxalement, ragaillardi. Il va y avoir du nerf. Pourtant, ses proches, sa famille redoutent que ce livre soit son coup de grâce, car il n'est pas, à l'époque, loin s'en faut, au mieux de sa forme. En février, ses médecins Gosset et Laubry l'ont trouvé physiquement au plus mal. Tous ont cru sa fin venue, mais désormais, il revit, il le faut. En ce printemps 1929, quelques mois avant ses quatre-vingt-huit ans, la colère l'emporte sur l'abattement, la fureur sur le dégoût. Il choisit la riposte intégrale, il n'a pas le loisir et encore moins le temps d'être découragé. Paradoxalement, Foch lui a rendu, pour quelques mois encore, sa splendeur d'autrefois, son esprit aiguisé. Il accepte l'idée de se tuer au travail, accueille ce combat presque avec joie. Il sera bien temps, après, de s'endormir, enfin paisiblement.

Il défie Foch, outre-tombe, en un étrange duel : « J'ai encore des provisions de silence au service de ma patrie. Mais puisque l'on ne manquerait d'imputer ma modération à de la défaillance, je ne puis demeurer sans paroles. Me voici. » Le revoilà.

Il débute son livre par une éblouissante adresse au maréchal, mais s'angoisse à l'idée de ne « jamais sortir de la broussaille de ses souvenirs confus ». Il confie à Marguerite, venue le voir à Belébat : « je trime comme un malheureux sans avancer beaucoup. J'ai du travail par-dessus les yeux ». Il n'en dort plus et quand, par hasard, il se repose un peu, il crie les noms de Foch ou de Poincaré la nuit, dans un semi-délire. Ses médecins exigent qu'il se repose vraiment. Il lève alors les yeux au ciel, « comme toujours avec mes médecins, j'en prends et j'en laisse ». Il en laissera manifestement beaucoup. Se ménager n'a jamais été dans sa nature, alors pourquoi commencer à cet âge, quand son honneur est bafoué ?

Il l'avoue simplement : « Depuis dix ans, j'ai méprisé toutes les calomnies, mais je ne suis pas à un âge où l'on peut différer. Ce bouquin me tue positivement et me rend fou, mais ne pas l'écrire m'eût peut-être tué encore davantage. Je ne me fais aucune illusion, je fais exactement comme si je devais en voir le résultat, mais je n'aurai certainement pas le temps de l'achever. » Et pourtant, ce seront quelque 374 pages, fiévreusement écrites en sept mois. Il a appelé à l'aide tous ses amis, n'a eu aucun mal à mobiliser sa vieille garde. Martet lui apporte des notes pour étayer sa réponse à Foch, un « grand soldat », dit Clemenceau, mais un « petit homme ». Il lui faut tout cela et très vite car « je vois le trou », dit-il. À ses côtés, se précipitent aussi Mordacq, son fidèle Jeanneney, Wormser, Pietri, jusqu'à sa « petite fille de cinquante-sept ans », comme il appelle son aînée Madeleine. Deux dactylos viendront en renfort.

Retrouver les documents sur la guerre, des preuves, des archives sur la paix, il en a tant brûlé quand il a quitté le pouvoir. Cette mobilisation autour de lui le soulage un peu. Il craint tant les défaillances de sa mémoire, ne veut aucune imprécision dans sa contre-attaque, et pour sa défense. Ses fidèles l'aideront, tous, jusqu'à Fernand Baldensperger, qui lui apporte son soutien en traduisant des documents américains, à décharge. Ils feront bloc pour qu'il puisse achever son livre à temps. Et d'ailleurs, que signifie cette expression, « à temps » ? À temps pour mourir, sans doute, une fois la tâche achevée, Marguerite l'a bien compris. À sa famille, à son amoureuse, qui le supplient de bien vouloir s'épargner, il riposte : « Ne vous inquiétez pas, vous tous ne pourrez rien y changer. Mais je fais souvent une pause le matin, c'est un plaisir pour moi que de pouvoir contempler des galops de petits lapins. » Il clôt la parenthèse, prenant la main de Marguerite venue l'exhorter, au nom de tous, d'être enfin raisonnable, en déclarant : « Quand mon père s'est fait arrêter sous mes yeux, j'avais alors dix-sept ans, nous étions, ma mère et moi, allés le voir en prison pour lui porter sa petite valise, car il devait être exilé en Algérie. Je lui avais crié "Je te vengerai." Il m'avait alors répondu : "Si tu veux me venger, travaille." N'est-ce pas ce que je fais aujourd'hui ? Je suis sûr qu'il comprendrait en quoi et pourquoi ce recueil de calomnies, courageusement publié après sa mort par celui que j'ai fait maréchal, m'oblige aujourd'hui. Ne vous inquiétez pas trop pour moi, de la vie ou de la mort, on finit toujours par guérir. »

Marguerite est repartie de Vendée, elle a réussi à le faire sourire, lui apprenant qu'elle savait maintenant conduire, et y trouvait un véritable petit plaisir de liberté. « Prenez soin de vous, Marguerite, pas trop de vitesse ou de folie sur la route. » Elle s'en est amusée, lui qui n'aimait que la rapidité et l'excès. Elle a embrassé ses joues toujours roses, malgré la fatigue et un rasage approximatif, mais vivifiées par l'air de Vendée. Elle a pris l'éternel Albert dans ses bras, lui qui n'avait plus l'esprit à chasser, ni à guillotiner des anguilles pour son patron qui ne mangeait presque plus rien.

— Ce fichu bouquin le tuera, lui a-t-il soufflé à l'oreille, les larmes aux yeux.

Elle n'a pas répondu. Et comme chaque fois quand elle repart de Vendée, et plus encore aujourd'hui, elle regarde Georges avec intensité, veut aussi photographier les dernières images de cette maison qu'elle a tant aimée. Le président n'a été dupe de rien, a répondu à ses regards muets :

— Dans l'espoir d'être encore presque vivant, au temps de votre prochain voyage à Belébat.

Elle a souri tristement, sans avoir le cœur à le démentir.

Son livre va s'intituler *Grandeurs et Misères d'une victoire*. Il y détaillera sa guerre, rectifiera point par point, à la façon d'un avocat, l'histoire de 14-18 et de la paix telles qu'il les a vécues. Il y a d'abord la blessure sincère et l'offense de Foch. « Voyons, Foch ! Mon bon Foch, on n'était pas toujours du même avis, on rageait, mais on espérait ensemble. Et c'est pourquoi je vous en veux d'avoir placé votre pétard à retardement aux portes de l'histoire pour me mettre des écorchures dans le dos. » Il l'avait défendu envers et contre tous quand on demandait sa tête après la catastrophe du Chemin des Dames. « Où seriez-vous à cette heure, mon pauvre maréchal, si je n'avais mis ma poitrine entre vous et vos juges ? » C'est vrai qu'il n'avait pas lésiné à l'époque, allant jusqu'à lier son sort au sien. Une séquence opportunément oubliée dans les souvenirs du maréchal. Clemenceau avait ensuite obtenu que Foch ait l'autorité sur toutes les troupes alliées, un commandement unique qu'il avait arraché aux Anglais. Cela avait été décisif pour gagner la guerre ; ce serait un Français qui dirigerait toutes les troupes alliées. Clemenceau avait gagné la partie. Mais la version de Foch, dans son livre, était bien différente. Selon le maréchal, c'est devant son talent que les Alliés s'étaient naturellement inclinés !

Clemenceau, même vieux et fatigué, argumente, documents à l'appui. Ce Foch l'a trahi, mais il n'en est que peu étonné. Il l'avait d'ailleurs trouvé bien ridicule quand ce dernier lui avait fait porter, pour accélérer sa carrière, un des quinze bustes en simili terre cuite qu'il avait fait fabriquer le représentant en majesté. Georges n'était alors que sénateur mais avait trouvé cette démarche dérisoire et carrément pathétique. En pleine guerre, en 1916, Foch n'avait-il pas autre chose à faire que d'organiser sa promotion en distribuant ses effigies à la ronde ?

Pourtant, ils s'étaient estimés, avaient combattu au nom de la même cause. Alors pourquoi, aujourd'hui, la guerre finie, et lui mort et enterré, voulait-il encore saborder Clemenceau ? Il semblait avoir ses raisons. Ce maréchal, qui méprisait ceux qu'il appelait les politiciens, en était arrivé à croire que c'était avant tout lui le grand vainqueur, le principal héros de la guerre. Il se vengeait aujourd'hui du passé, de la gloire dont il estimait avoir été volé. Pas franchement étonnant. À l'époque, Clemenceau ne s'était pas privé de bien lui faire comprendre que les militaires devaient obéir aux civils, et que c'était lui le chef.

— Savez-vous, lui avait dit un jour le maréchal, que je ne suis pas votre subordonné ?

— Non, je ne le sais pas, avait répondu le président, en riant.

Des années d'affrontements discrets et de léger mépris qui s'étalaient, aujourd'hui, en place publique.

D'ailleurs, à la mort du maréchal, malgré l'invitation de Poincaré, Clemenceau s'était contenté de s'incliner, de façon républicaine, sur sa dépouille, à son domicile, refusant poliment de se rendre à l'enterrement, à l'hommage officiel, et, encore moins, – un comble ! – à Notre-Dame, pour la messe. Les faux-semblants n'étaient pas dans sa nature. Rien, ni personne ne le ferait se soumettre aux supposées lois des convenances. Il avait ses principes, il les maintiendrait.

Et pourtant, presque paradoxalement, tout au long des pages de son livre, il tente d'expliquer et de se justifier, il veut se faire comprendre. Ses brouillons sont raturés, des paragraphes entiers remaniés, augmentés. Il se lève la nuit pour compléter une page quand une idée, un argument en défense lui revient à l'esprit. Oui, il a tout fait pour que les Américains interviennent plus tôt avec des troupes fraîches pour soutenir les Français exsangues. Oui, il a dû composer, négocier avec les Alliés au traité de Versailles, avec ces Anglais et ces Américains, Dieu sait qu'il les aimait ! Mais qui lui menaient parfois la vie dure. Il n'avait pas toujours eu le choix. Eux ne voulaient surtout pas « saigner » l'Allemagne, de peur de voir s'installer le bolchevisme en Europe. Et quand, par la suite, les Américains exigeaient des Français qu'ils s'acquittent de leurs dettes de guerre, alors même que les Allemands ne payaient pas les leurs aux Français, il s'était battu. En 1926, il était allé jusqu'à écrire, en vain, à Coolidge, le président américain de l'époque, pour lui demander d'alléger le fardeau des Français. « Vous nous réclamez une dette de guerre, vous savez que nos caisses sont vides. Pendant la guerre, c'est le territoire français qui a été dévasté, regardez nos monuments aux morts », avait-il plaidé.

La Rhénanie, les réparations, on aurait dû, il n'y avait qu'à, il aurait fallu… Pour Foch, il était bien facile de pointer les failles, de dénoncer les erreurs, de jouer les juges de paix si longtemps après la bataille. Ce Foch qui ne doutait de rien ! L'humilité n'avait jamais été son fort, il se parait de la clairvoyance qu'il est si facile d'avoir des jours et des années après. C'était bien confortable.

Mais, une fois ses comptes réglés, ses justifications données, ce qui obsède Clemenceau, c'est l'Allemagne qui se réarme. Il a fait ses calculs, est allé compulser les budgets des Allemands. « En 1928, la France a dépensé 6 milliards pour ses forces militaires, l'Allemagne, elle, 8. » Tous ces pactes, ces accords mettant la guerre hors la loi, assurant que c'est bien fini et pour toujours, que la Société des nations (« la SDN, ce sur-parlement dont l'unique emploi, quand il faudrait des actes, serait de sur-parler ») va y mettre bon ordre, bien sûr ! Il n'y croit pas. Le pacifisme français, l'espoir de réconciliation avec l'Allemagne, ces engagements, ces traités relèvent pour lui de l'aveuglement, « des comédies, des turlupinades ». Il accuse Aristide Briand, ministre des Affaires étrangères depuis 1925, défenseur et héros de la paix, de ne rien voir venir. « Lui qui répète sans cesse qu'il n'y aura plus de guerre, ce péroreur, ce chef d'orchestre du défaitisme. »

Mais Clemenceau sous-estime l'épuisement de la nation, refuse de voir l'état de l'opinion, l'envie de paix de ses concitoyens, bref la fatigue des Français. Il continue de s'en prendre à Aristide Briand, son vieil ennemi de toujours. « Monsieur Briand, une fois de plus, vient donc à l'Allemagne, les mains tendues, les bras ouverts. Il montre son jeu à l'adversaire, retourne ses atouts et dit : “Maintenant, que la partie commence !” » Clemenceau en revient à ses obsessions : « Depuis 1914, le peuple français a été chloroformé. Ses dirigeants lui ont si souvent répété que personne ne voulait plus la guerre et que, par conséquent, il n'y en aurait plus, qu'il a fini par le croire. » Il ne cesse de répéter à son vieil ami : « Avant dix ans, nous aurons la guerre, Martet. »

En 1929, *Grandeurs et Misères d'une victoire* est achevé, dans la douleur, mais il y a mis le point final. L'outrage est lavé. Il a lutté tout l'été 1929 contre cette chaleur étouffante qui l'accable sans cesse. Ce 28 septembre, Marguerite n'a pas osé lui souhaiter son anniversaire, il l'aurait rabrouée. « Je vous demande d'aider un peu un bébé de quatre-vingt-huit ans. » Elle n'a cessé de le faire. Le début de l'automne sera consacré à ses ultimes corrections, avant de conclure son livre en ne demandant qu'à être jugé par l'histoire, quand les fureurs et les querelles de l'époque seront enfin apaisées : « Je m'en rapporte aux historiens, aux juges libérés des passions d'aujourd'hui. » Mais ce qu'il a sous-estimé, c'est que beaucoup ont voulu lui faire payer son intransigeance et ses diatribes d'autrefois. Ils sont nombreux à le détester encore. Même vieux, même retraité.

Entre 1914 et 1917, avant de devenir président du Conseil, et ministre de la guerre, il était déjà tout-puissant. À la tête des commissions des Affaires étrangères et de l'Armée au Sénat, il pilonnait sans cesse le gouvernement, au nom d'un « nous ne sommes ni défendus ni gouvernés ». Des discours vengeurs à la tribune, et des éditos assassins chaque jour dans son journal d'alors, *L'Homme Libre*, qui tirait à

100 000 exemplaires. À partir d'octobre 1914, on l'avait censuré, accusé de « démoraliser le pays ». Déjà entêté, il avait alors rebaptisé son journal *L'Homme Enchaîné* et avait continué à sévir. Et quand ses articles étaient caviardés par la censure – c'était souvent le cas –, il laissait de grands blancs dans son journal, pour bien afficher qu'il était empêché d'écrire sa vérité. Il envoyait alors sous pli affranchi 2 000 lettres, contenant ses articles interdits, au gouvernement, à tous les parlementaires et à ses abonnés. Qu'aujourd'hui beaucoup se réjouissent de le voir ainsi attaqué n'est pas franchement étonnant. Eux aussi, et Poincaré le premier, auront eu la vengeance tenace.

Le 6 octobre 1929, il envoie une courte lettre à Marguerite. Ce sera la dernière. Elle viendra le voir. Et même s'il continue, têtu et péniblement, sa gymnastique avec Leroy, il sait que l'hiver 1929 risque d'être une épreuve pour lui. Il déteste la chaleur, mais redoute le froid. Il ne connaîtra jamais l'année 1930. Il a fait ce qu'il voulait, a usé sciemment ses dernières forces pour rétablir son honneur.

Il meurt le dimanche 24 novembre 1929, quelques minutes avant 2 heures du matin. Son ouvrage est alors chez l'imprimeur. Il sortira en avril, tiré à plus de 100 000 exemplaires et traduit dans dix-sept pays. Il mourra en paix avec l'histoire, son histoire, mais dans de grandes souffrances. Il a vaincu.

Mais, avant tout, il est resté fidèle à lui-même et à ses êtres aimés. Ainsi, et seule Marguerite en fut témoin, il ne lâchera jamais Clotilde, sa vaillante cuisinière, pendant toute cette année 1929 qui leur sera fatale à tous deux. Même obsédé, concentré sur sa riposte, il trouvera du temps pour être à ses côtés quand elle tombera malade – encore un cancer du sein. Elle guette alors sans cesse les diagnostics, les avis du Patron qui redevient médecin pour sa bonne cause. Il va la secourir, se détournant uniquement de son testament politique pour être à son chevet. Il lui fait des visites quotidiennes, bien qu'elle vive à plusieurs dizaines de kilomètres de sa maison de Vendée « dans l'espoir, dit-il, d'agir sur son moral ». Il va la voir, l'ausculter, se fixe comme mission d'affecter l'optimisme. Il fait le malin, pour la rendre joyeuse, va régulièrement à Luçon, chez elle, pour lui vanter son teint rafraîchi quand il la trouve si jaune et tant amaigrie. « Elle ne se plaint jamais de rien. » Il est admiratif, veut encore une fois garder le poids des mauvaises nouvelles pour lui-même, éviter à ses proches l'annonce de la mort qui rôde. Dans ces circonstances, il respecte leur foi qui les aide à passer dans l'au-delà. Il sera bien plus dur, au nom de sa cohérence, avec lui-même. « Dieu, c'est le recours de ceux qui ne peuvent mourir seuls. » Lui ne demandera jamais d'aide. Elle s'éteindra à petit feu, mais dans de grandes douleurs.

Clotilde le précède de quelques semaines, enfouie au sein de la terre vendéenne, pour y dormir en paix. Il va la rejoindre vite. Ils sont un peu de la même espèce, celle des butés, celle des acharnés. Elle croyait au ciel, lui n'y croyait pas. Mais au fond, quelle différence ? Le Dieu de Clotilde ne l'offensait pas, car il n'était qu'amour et bienveillance. À son enterrement, il était là, mais, fidèle à lui-même jusqu'à sa fin, il refusa de franchir le seuil de l'église.

Chapitre 18

Ni Dieu ni crucifix

Femme, qui pleures-tu ? L'Absent.

Victor HUGO

Il est 1 h 45 du matin, ce dimanche 24 novembre, quand sœur Théoneste lui ferme les yeux. Pas de crucifix sur la poitrine, encore moins de prêtre présent, cela aurait été un comble. Il l'avait fait jurer à tous, chacun l'avait accepté, il s'agissait d'être fidèle à ses combats et à ses convictions en « protégeant son corps des bénédictions de l'Église ».

La religieuse avait été à son chevet, à chaque maladie, à la moindre alerte, tant lors de son opération de la prostate à la clinique Bizet qu'au moment de son « assassinat » par la balle de Cottin. Un pacte secret de fidélité et un respect intense les liaient. Il y avait aussi eu l'intimité des soins. Il s'en remettait toujours à elle, la sœur avait sans cesse veillé sur lui, accourant en infirmière dévouée, dès qu'il le fallait, rue Franklin pour le soigner. Il ne voulait qu'elle. Il aimait son humanité. Elle n'était pas comme ces infirmières bigotes qu'il avait côtoyées, jeune médecin à Bicêtre ou à la Pitié, qui, confrontées à des miséreux, brandissaient leur crucifix, considérant que la souffrance était une étape nécessaire voire souhaitable pour atteindre le paradis, et racheter leurs péchés. Une drôle de façon d'interpréter le message du Christ, estimait-il.

Sa Théoneste à lui était une Alsacienne, petite et trapue, avec qui il avait toujours aimé plaisanter. Elle avait souvent levé les yeux au ciel en rougissant quand il lui répétait, avec une galanterie malicieuse, « Vous êtes une femme délicieuse. Vous auriez fait une mère de famille charmante. Quelle drôle d'idée d'épouser le bon Dieu. » Il la respectait aussi car il savait que pendant la guerre, sans s'en vanter, elle avait soigné nuit et jour les grands blessés.

Cette nuit, à 1 h 45, après ces quelques jours d'agonie, elle n'a plus à accourir à son chevet. Tout est fini. Il ne croit pas à l'au-delà. Elle y croit pour deux. Il ne lui avait d'ailleurs pas interdit de prier pour lui. Elle l'avait constamment fait, surtout pendant la guerre. Elle se souvient alors qu'il lui avait fait l'honneur et l'infini plaisir de lui demander d'être à ses côtés en 1918, quand Strasbourg avait été libéré. Elle trottait et le suivait, dans la délégation de tête, quand les Français étaient entrés dans la ville. Elle avait alors assisté à cette soudaine étreinte entre le président Poincaré et lui, face à la liesse des Alsaciens redevenus français. Un rare moment de grâce entre Clemenceau et Poincaré. Mais de cette accolade, elle ne lui avait plus jamais parlé. Sœur Théoneste était douce, solide et finaude. Elle connaissait son Clemenceau par cœur. Ce jour-là, à Strasbourg, on était simplement heureux, on en oubliait, pour la France, la politique et ses rivalités. Elle avait bien noté aussi qu'il faisait le joli cœur quand toutes ces jeunes filles costumées se pendaient à son cou en criant « Vive Clemenceau ! ». Il avait précisé, hilare, « J'ai été ce matin, embrassé par plus de cinq cents jeunes filles. »

Entre elle et lui, la religion n'était plus, depuis longtemps, une affaire. Elle l'avait bien compris quand il lui avait déclaré, d'un air faraud : « les curés, c'est pour l'absolu, moi je suis pour le relatif. Chacun son domaine. » Elle l'avait un peu grondé, puis, en soupirant, s'était résolue à demander à sa hiérarchie de bien vouloir l'absoudre. Elle avait ainsi obtenu le droit de faire à la convenance de Clemenceau. Elle pourrait lui clore les yeux laïquement. Elle veillera ainsi jusqu'à sa dernière seconde le président mécréant. Elle ne lui fera pas subir, conformément à sa volonté, les derniers outrages, ces sacrements qu'il refusait. Même pas le minimum. Il avait été clair. Cette nuit, elle est bouleversée. Il ne s'agit plus de le soigner, ça, elle savait le faire, mais de l'accompagner vers la mort, en silence.

Les trois derniers jours du président ont été un calvaire, les piqûres de morphine ne produisent qu'un léger soulagement. La presse s'en fait l'écho, toute la France ne bruisse que de l'imminence de sa mort. Il faut alors repousser les Parisiens bouleversés ou les badauds curieux qui se pressent rue Franklin. Le quartier est bouclé. Quelques-uns franchiront les obstacles, leur désarroi est tellement sincère, comme cette pauvre femme dont le fils est mort au front. Elle est venue déposer un petit bouquet à son domicile. Elle dit prier pour lui. Marguerite, aussi, le fait en secret.

Une crise d'urémie va l'emporter. Voilà plusieurs jours qu'il est inconscient, ne revenant à la vie et au jour que de rares minutes, les traits massacrés par la souffrance. Tout le monde s'attendait au pire, mais à force de le voir si souvent triompher du destin, beaucoup s'étaient pris à espérer. Ils le voulaient immortel. N'avait-il pas, par deux fois déjà, côtoyé la mort à Calcutta ? Ne surmontait-il pas chaque fois les épreuves ?

1 h 45. Toute la famille, la tribu, enfants, petits-enfants se retrouvent au domicile du Patron. Les fidèles aussi, pour la veillée funèbre. Il sera protégé des importuns par ses proches et les anciens officiers de son cabinet militaire. Pas de visites protocolaires. Son cercueil est posé sur de simples tréteaux à côté de son lit. Tout doit être discret, tenu secret. Pas

de journalistes, aucun officiel. Il ne veut pas les voir. Son ancien secrétaire Martet trouve alors que « la mort a adouci ses traits, il ressemble à sa mère, avec cette douceur noble et grave ». Sa mère, dont le portrait est accroché au mur de sa chambre, l'a encore accompagné cette dernière nuit.

Pour la suite des tristes réjouissances et de la cérémonie à venir, c'est simple, il suffit de lui obéir, car il a tout prévu, tout organisé, comme à chaque occasion. Un testament précis a été rédigé fin mars 1929, quand il sentait venir la fin. « J'en suis aux premières atteintes des réjouissements de la mort. Cette désagréable affaire qu'est de mourir, je ne veux pas traîner avec cela. » Tout y est minutieusement noté. Ce qu'il souhaite, et surtout ce dont il ne veut pas. Pas d'importants, pas d'importuns ! C'est au Colombier, à quelques kilomètres de sa maison natale, aux côtés de son père, qu'il veut être enterré. « Mon corps sera conduit au lieu d'inhumation sans aucun cortège, ni cérémonie d'aucune sorte. Autour de la fosse, rien qu'une grille de fer, sans nom comme mon père. Dans mon cercueil, je veux qu'on place ma canne à pomme de fer, le coffret recouvert de peau de chèvre qui se trouve dans mon armoire à glace. On y laissera le petit livre qui y fut disposé par la main de ma chère maman. Enfin, on y joindra deux petits bouquets de fleurs desséchées qui sont sur la cheminée de la chambre. » Il l'avait promis, ce 6 juillet 1918, aux monts de Champagne, à ces poilus qui lui avaient offert « avec leurs rudes mains, ces fleurs crayeuses, augustes de misère et flamboyantes de volonté ». « Ces frêles tiges délicieuses, avait-il ajouté, iraient dormir en Vendée avec lui pour toujours. » Il ne croyait pas au ciel, mais honorait bien des symboles, le livre de sa mère et le bouquet des soldats.

Il est 2 heures du matin, le lendemain, à l'horloge d'à côté – le masque mortuaire a été réalisé quelques heures avant par Sicard, coutume de l'époque –, quand le petit convoi funéraire quitte la rue Franklin. Quelques voitures conduisent la famille, les amis, les fidèles Mandel, Wormser, Pietri. Jeanneney aussi est en larmes, lui à qui il écrivait encore, il y a peu : « Embrassez-vous de ma part, en vous disant, Jeanneney, je vous aime beaucoup. » Les bons pères et frères, ses voisins de Saint-Louis de Gonzague prieront toute la nuit pour le repos de son âme. Ça, il ne l'avait pas demandé. Le cortège évite la foule, les journalistes. Il fait nuit, il pleut. Marguerite pleure, elle va refaire, cette fois seule, cette route qu'elle connaît si bien. Il y a six jours, sa famille avait voulu lui fêter ses quarante-sept ans. Elle n'avait pas eu le cœur à de telles réjouissances. Georges venait lui de mourir, ses quatre-vingt-huit ans passés.

Journal de Marguerite

Nous partons en Vendée. Cette fois, c'est notre dernier voyage ensemble, je le sens encore là.

Je suis son cercueil, dans une autre voiture, il fait nuit. Nous ne marquerons pas cette petite étape qu'il aimait tant, à Tours, officiellement pour prendre de l'essence, mais aussi pour y acheter ces croissants, ces brioches dont il raffolait. Nous nous arrêtions alors dans ce petit café, place Wilson, où nous avions nos habitudes. J'étais à peine attablée qu'il fronçait son sourcil hérissé, sortait sa montre de son gousset, et exigeait que nous repartions aussitôt. Il ne fallait jamais traîner, sauf quand c'était lui qui l'avait décidé. Il fallait toujours lui obéir. J'en avais l'habitude, ne m'en offusquais plus. J'ose même penser que cela va me manquer. Aujourd'hui encore, il a voulu maîtriser, se prémunir des hypocrisies officielles, des mondanités qui étaient si peu son genre. Pas de discours, pas de ministres, ni de président à la cérémonie. Il avait précisé : « Pour mes obsèques, je ne veux que le strict nécessaire, c'est-à-dire moi. » Il aurait ajouté, on le raconte, cela lui ressemble tant : « Épargnez-moi un discours de Poincaré sur ma tombe, ce serait mourir une deuxième fois. »

Je sais que le gouvernement a prévu une cérémonie officielle en son honneur dans quelques jours. Elle aura lieu, mais nous n'y serons pas. Aucun de nous ne s'y rendra, ni famille ni proches, nous serons tous fidèles à ses volontés, c'est bien le minimum que nous lui devons.

Nous allons traverser la Loire, « ce ruban bleu d'acier fondu où le soleil se laisse boire par des crocodiles de sable jaune », m'écrivait-il encore, il y a quelques jours. Aujourd'hui, tout est noir et glacé, embrumé. Sa Loire est laide, je la déteste, le paysage est affreux. Tout m'accable. Je m'y étais préparée, mais peut-on l'être vraiment ? Il était si fatigué. Ne parlait plus que de la mort, me décrivait sa tombe, « quelque chose de simple et en même temps d'orgueilleux. Une sorte de paix des premiers âges. Voilà la conclusion. Un trou et beaucoup de bruit pour rien. » Je n'aimais pas beaucoup ces déclarations funèbres, mais j'avais fini par m'y faire. En fait, je m'étais faite à tout en lui, sauf à son absence. Je ne pleure même plus. À croire que ses leçons d'endurance, ses sermons sur la nécessaire fermeté des caractères m'ont forgé un supplément d'âme pour affronter sa disparition.

Tout a été difficile, compliqué, et bien sinistre pour arriver au Colombier, où il voulait être enterré. Nous sommes arrivés en retard à Mouchamps, trouver de l'essence à Langeais a été un enfer, tout cela me semble si dérisoire. Après la route de Rochetrejoux, la voiture dans laquelle il repose s'est embourbée dans le sol détrempé. Il nous a fallu une paire de bœufs pour nous sauver en tirant l'automobile qui se figeait dans la terre détrempée. Ces branchages qu'il faut par deux fois déposer dans les ornières boueuses pour pouvoir avancer jusqu'au petit bois du Colombier. Et cette pluie incessante, la bise, ces bourrasques qui fouettent les visages, noient les larmes. Peut-être aurait-il aimé ? « Il n'y a de salut pour moi que dans la pluie », m'avait-il écrit. Il aura été écouté. Dans mon Démosthène, *enfin le sien, il avait précisé : « N'est-ce rien de n'avoir jamais fléchi dans les tempêtes qui courbent trop de fronts ? » Il aurait sans doute trouvé drôles ces éléments qui, soudain, contrarient le bon ordonnancement des choses, ces tempêtes vénérées par Démosthène, qui lui ressemble tant. Mais il n'a plus à relever la tête. Tout est fini.*

Brabant et quelques paysans ont creusé sa tombe toute la nuit, Albert pleure. La cérémonie sera brève. Beaucoup de Vendéens ont réussi à franchir les barrages pour être à nos côtés. Ils sont nombreux à s'être signés en secret. Nous jetterons sur son cercueil des brins de bruyère, de petites branches de basilic, c'est moi qui les distribue à chacun. Ces formes d'offrandes vont l'accompagner au tombeau. Tout est gris, tout est sombre, malgré le seul bruit joyeux et vivant de la rivière, le Petit Lay, qui coule en contrebas. Nous allons repartir. « Le paradis est une amélioration, le néant une perfection », me répétait-il. Espérons qu'il ne s'est pas trompé.

Je sais que, pour moi aussi, tout, ou presque, est fini. De cet hommage, de cette cérémonie sans prêtre, sans église, sans messe, il me reste le sentiment d'un acte inachevé, d'une infinie tristesse. Tout y a été si modeste, si rapide. Trop peu de temps pour se recueillir ou accepter notre deuil. Mais au moins étions-nous fidèles à sa volonté. Il repose aux côtés de son père sous ce cèdre de l'Atlas que Benjamin avait planté en 1848 pour honorer et fêter la République.

Georges, âgé de sept ans, l'avait alors accompagné ; ils avaient leurs rituels à eux.

Il me reste en mémoire aussi la haute stature du commandant de Lattre de Tassigny en uniforme, celui que Georges appelait « mon petit compatriote de Vendée ». Il l'avait connu capitaine, héroïque pendant la guerre de 14, cinq blessures, huit citations, m'avait-il raconté. Ils aimaient tous les deux la Vendée et la France. De Lattre, incarnation de la Vendée blanche, royaliste et chrétienne ; Georges le bleu, le républicain. Mais ils s'étaient retrouvés. De Lattre et sa femme priaient sur sa tombe. Les premiers, les derniers à y être officiellement autorisés, Clemenceau le savait. Moi, je n'ai pas osé, je l'ai fait en moi-même. Je sais qu'il ne m'en voudra pas.

Il me reste de lui nos souvenirs, ses lettres que je vais fidèlement recopier pour que rien n'en soit perdu. Il m'a légué son petit secrétaire en dos d'âne qui était à Belébat, son encrier carré, et surtout m'a confié le soin de faire vivre sa mémoire. Il voulait que je veille, comme il l'a écrit dans son testament, sur la publication de ses ouvrages. Je le ferai. Je vais m'occuper de sa fondation, il le désirait, je m'y emploierai, obstinément. Cela ne comblera pas mon malheur, mais occupera un peu mes jours et apaisera peut-être mes nuits.

Plus de lettres à attendre, plus de visites, plus de Vendée. Je vais repartir à Saint-Dié et m'enterrer vivante, aujourd'hui mes enfants sont de plus en plus grands. J'aurais dû sans doute plus et mieux profiter de sa présence, de sa chaleur. Je suis maintenant gelée pour l'éternité. Je ne peux m'empêcher de penser qu'au fond de sa terre vendéenne, il doit aussi avoir si froid, lui qui cherchait sans cesse le feu de sa cheminée pour s'y réchauffer le dos. Je le pleurerai toujours, mais il a mérité le repos.

J'ai repris toute notre correspondance, pour atténuer ma souffrance et ne rien perdre de ce qu'il m'avait écrit. Je guette une dernière lettre qui pourrait s'être égarée, et m'arriver encore. C'est une vaine attente, je le sais, mais j'espère toujours. Je dois être restée une enfant, comme il me le disait parfois. L'élève Marguerite, ainsi qu'il me surnommait, aurait aujourd'hui bien besoin de son tuteur, en fait de son amour, et de sa force. Je suis de plus en plus fatiguée, n'ai plus aucun ressort quand lui en avait tant. Il me manque chaque jour. Comment faisait-il pour avoir toujours cette foi dans la vie, cette ardeur, cette envie de ne jamais abandonner ? Il n'avait pas peur de la mort. Moi, j'ai peur de la vie. D'ailleurs, il n'avait peur de rien. Je crois, sans lui, avoir désormais peur de tout. Je ne dois pas me laisser aller. S'il était là, il me sermonnerait encore avec son ton rogue.

L'autre jour, Martet m'a relaté une confidence que Georges lui aurait faite, mais je ne peux le croire, je ne suis pas sûre de la comprendre, vraiment. C'était en 1917, il arrivait au pouvoir au pire moment de la guerre. Clemenceau lui avait avoué : « Loin de rechercher le pouvoir comme tous ces braves gens, j'en ai peur. J'en ai une peur atroce ; je donnerais tout pour y échapper. » « Une peur atroce », avait-il dit. Quel fut son désarroi, sa solitude absolue ? Faut-il le croire ? Quels furent ses doutes, ses chagrins ? Il ne me l'a jamais dit. Était-il tourmenté à sa dernière heure ? Je ne sais plus, je ne sais pas. Il me regardait toujours en souriant malgré ses souffrances. Il affectait un tel courage, une morgue glorieuse dans les épreuves, et vis-à-vis de l'au-delà. Il devait être infiniment plus mystérieux que ce que j'en ai cru, de ce qu'on en a dit. Je ne saurai jamais quelle fut parfois, peut-être, sa désespérance, mais j'espère qu'il est mort en paix avec son histoire, avec sa vie.

Je vais bientôt retourner seule sur sa tombe. Je ferai ensuite un petit passage à Belébat. J'y verrai ses fleurs, son âne, et notre passé. Puis j'irai sur la tombe d'Annette. J'honorerai mes morts, tous ceux que j'ai aimés. Je suis si seule. Je ne sais combien de temps je leur survivrai.

Épilogue

Marie-Marguerite Baldensperger est morte le 1er août 1936, sept ans après Georges, d'un cancer du sein. Elle est enterrée aux côtés d'Annette à Saint-Dié.

Après la disparition de Georges, elle a voué le reste de sa vie à perpétuer la mémoire de Clemenceau, grâce à sa fondation, qui demeure aujourd'hui. Tous les proches de Clemenceau lui ont pleinement reconnu ce mandat qu'elle a exercé jusqu'à sa fin, veillant sur la postérité de ses écrits. Elle voudra que le « trésor le plus précieux de sa vie », les lettres que Clemenceau lui a envoyées, soient publiées, versant, écrit-elle, « des torrents de larmes en les relisant, en les numérotant, les recopiant, pour qu'elles ne soient jamais oubliées ». Son fils, Pierre, se chargera fidèlement de respecter sa volonté en les faisant éditer en 1970.

Fernand Baldensperger, son mari, est décédé en 1958.

Le 11 novembre 1941, le général de Gaulle déclarait à la radio de Londres : « Au fond de votre tombe vendéenne, aujourd'hui, Clemenceau, vous ne dormez pas. Car, certainement, la vieille terre de France, qui vous enterre pour toujours, a tressailli avec colère tandis que le pas insolent de l'ennemi et la marche feutrée des traîtres foulaient le sol de la patrie. Père la Victoire, le soir du grand 11 novembre, quand la foule, ivre de joie, s'épuisait à vous acclamer, vous avez crié "Vive la France". Eh bien, vous n'avez pas crié pour rien. La France vivra et, au nom des Français, je vous jure qu'elle sera victorieuse. Quand la victoire sera gagnée et que justice sera faite, les Français viendront vous le dire. Alors, avec tous les morts, dont est pétrie la terre de France, vous pourrez dormir en paix. »

Cela sera fait.

Postface

Adulé, détesté, redouté, récupéré parfois, Clemenceau appartient au roman national français. Il a sa légende, ses admirateurs absolus, il a également des ennemis farouches. Voilà un peu plus de cent ans aujourd'hui qu'il a quitté le pouvoir, chassé par les parlementaires. Il avait pourtant gagné la guerre. Comme Churchill, qui avait tenu et remporté la bataille, et se retrouva en 1945 renvoyé sur les bancs de l'opposition. De Gaulle, lui, avait sauvé l'honneur du pays mais avait dû se replier à Colombey. À croire qu'il faut laisser du temps au temps pour qu'on reconnaisse les héros. La nostalgie et les regrets les font souvent enfin accéder à leur juste place. À croire aussi que leurs qualités, les traits de caractère qui ont fait leur succès en temps de guerre n'étaient plus ceux qu'on attendait d'eux, en temps de paix.

Disparus, ils nourrissent chacun, bien des années plus tard, une mythologie, un engouement qui les feraient sûrement sourire aujourd'hui.

Clemenceau recueille désormais l'admiration de nombre de nos contemporains, en quête d'hommes d'État. Cela n'a pas toujours été le cas. Il y a une forme de mélancolie française vis-à-vis de ce grand personnage, qui a incarné en son temps, et à sa façon, un art républicain d'être français. Mais il clive, selon ce mot de notre époque, car chacun a sa vision de celui que l'on surnommait le Tigre.

On vénère son courage, son endurance et sa ténacité au pouvoir et pendant la guerre. Certains le rejettent pour les mêmes raisons, n'y voyant que dureté et bellicisme débridés. Ne pas être consensuel est peut-être la marque et la trace des vrais personnages, des grands hommes envers lesquels la patrie n'a pas toujours été reconnaissante du temps de leurs combats. Clemenceau n'a jamais suscité la tiédeur. Ses choix, ses engagements, il les assumait pleinement, les revendiquait. C'est ce caractère si particulier qui rend également impossible de résumer son héritage politique à une banale histoire de droite ou de gauche. Ce serait manquer singulièrement de finesse, et trahirait sa réalité.

Je ne suis pas historienne, mais journaliste. Je n'ai pas la formation, encore moins la prétention, d'ajouter un opus aux nombreuses biographies et brillants ouvrages qui lui ont été consacrés.

C'est en lisant *Lettres à une amie* – recueil de 668 missives enflammées, envoyées par ce vieux monsieur encore sautillant à une jeune femme mariée de quarante ans sa cadette –, que j'ai cru découvrir une romance aux détails méconnus. Cinq ans d'une amitié amoureuse, si éclairante et révélatrice sur l'homme, son caractère et son tempérament.

Cette dernière histoire d'amour avec Marguerite, lui qui en eut tant, se construit sur un pacte : « *Je vous aiderai à vivre, vous m'aiderez à mourir.* » Ce serment fait à cette jeune femme n'est pas qu'une clause de style, une belle formule, elle cache aussi le mystère de leur relation.

J'ai voulu en faire le récit en m'inspirant des écrits de l'époque, des témoignages de leurs descendants. Il aura avec Marguerite, jusqu'à ses derniers jours, une liaison affectueuse, un lien profondément intime. Dans leurs échanges, on retrouve toute sa soif de vivre, ses traits d'esprit, sa fantaisie, et toujours la politique, sa passion pour l'éternité.

C'est un Clemenceau intime qui se dévoile, un octogénaire amoureux qui refuse de voir le temps passer. On y voit aussi les traits de caractère d'un véritable chef, d'un politique, jusqu'à son dernier souffle, qui s'est passionné pour les relations avec l'Allemagne, obsédé par la montée des périls dans l'entre-deux-guerres, commentant sans aménité les choix de ceux qu'il appelait les politiciens alors au pouvoir. Il revendiquait d'appartenir à une autre espèce, celle des hommes politiques et des hommes d'État.

C'est donc le récit d'une longue liaison, qui ne fut pas qu'épistolaire, avec Marguerite, que j'ai voulu raconter. C'est aussi l'histoire de ses derniers combats politiques que j'ai souhaité retranscrire, à la lueur de ses luttes passées, ses mots d'esprit, ses batailles homériques à l'Assemblée ou au Sénat, lui qu'on dénommait l'Attila, le fléau des gouvernements.

Quand, dans *Le Fil de l'épée*, de Gaulle écrit « la passion d'agir par soi-même s'accompagne évidemment de quelques rudesses dans les procédés », on y voit Clemenceau, à qui il a toujours rendu hommage. De Gaulle reconnaissait en lui une part de l'âme de la France, l'incarnation de ce que combattre et résister veut dire. Cette dernière correspondance avait aussi bouleversé François Mitterrand, il la relisait fréquemment. Simone de Beauvoir, pourtant peu encline à apprécier le personnage politique, le premier flic de France, comme on l'avait appelé, avait, elle aussi, été éblouie par son ardeur à vivre et à aimer.

Dreyfusard, abolitionniste, anticolonialiste, défendant le droit de vote des Noirs, dénonçant le massacre des Arméniens aux côtés de Jaurès, laïcard militant, il a bien souvent combattu à rebours de son époque, et pensé contre son temps. Ils ne furent pas si nombreux. Même si l'on doit admettre que la cause des femmes lui a en partie échappé.

J'ai peut-être péché par attrait pour son irrévérence, son humour, admiré sa perpétuelle agitation et son amour pour la liberté. Je n'ai pu résister à l'envie de raconter tous ses combats, ni à relater nombre d'anecdotes qui en disent tant sur son caractère. Il était infernal, mais tellement drôle.

Avant tout, j'ai pris le parti de me placer du et au côté de Clemenceau et de Marguerite. C'est un choix assumé que j'ai nourri de leur longue et intense correspondance. Il lui a beaucoup écrit. Tout ou presque a été publié, grâce à l'acharnement du fils de Marguerite, Pierre Brive. La famille de Clemenceau y a accédé, quelques coupes ont toutefois été exigées. Marguerite, femme mariée, avait imploré Clemenceau de brûler ses lettres. Il avait obtempéré. Sans doute considérait-elle que son honneur serait sauf à ce prix. Il m'a donc fallu reconstituer le versant féminin de l'histoire, j'ai choisi de le faire sous la forme d'un journal intime qu'elle aurait pu tenir. Dans ce récit, tout est vrai, même si j'ai dû imaginer le plus fidèlement possible leurs rencontres, leurs promenades, et tenter de reconstituer leurs conversations. La famille de Marguerite m'y a grandement aidée.

J'ai sans doute aussi envié Marguerite, parce qu'aujourd'hui, nous ne recevrons plus jamais, nous, femmes ou hommes, de lettres aussi enflammées, et finalement de lettres tout court. Plus de ces petits paquets entourés de rubans enfouis dans nos tiroirs, qu'on relit, l'âge venant.

Clemenceau avait avant tout du talent et du tempérament, du courage dans la vie et en politique, ce n'est plus si fréquent. Il n'avait jamais peur de déplaire, quand il estimait que c'était son devoir. Il me semble fondé d'en avoir aujourd'hui la nostalgie.

Bibliographie

Les *Lettres à une amie, 1923-1929* (Gallimard, 1970) ont été une des principales sources d'inspiration de ce récit sans lesquelles je n'aurais pas pu m'emparer des destins de Clemenceau et Marguerite. Toutes les citations et mots de Clemenceau qui en ont été extraits ont été retranscrits fidèlement, entre guillemets, dans le texte.

Dans le chapitre 5, tous les passages se trouvant entre guillemets proviennent du journal de Fernand Baldensperger (*Une vie parmi d'autres*, Éditions L. Conard, 1940).

Léon Abensour, *Clemenceau intime*, Éditions Radot, 1928.

Guy Breton, *Tout l'humour de Clemenceau*, Éditions Jacques Grancher, 1995.

Fernand Baldenne, *Lettres à l'enfant perdue*, Éditions la Revue des poètes, 1938.

Fernand Baldensperger, *Une vie parmi d'autres*, Éditions L. Conard, 1940.

Simone de Beauvoir, *Tout compte fait*, Gallimard, 1972.

René Benjamin, *Clemenceau dans la retraite*, Plon, 1930.

Sylvie Brodziak, Samuel Tomeï, *Dictionnaire Clemenceau*, Robert Laffont, 2017.

Sylvie Brodziak, *Clemenceau écrivain* (thèse), Lille, ARNT, 2004.

Georges Clemenceau, *La Mêlée sociale*, Fasquelle, 1895.
—, *Le voile du bonheur*, Fasquelle, 1901.
—, *Figures de Vendée*, 1903.
—, *Au fil des Jours*, Fasquelle, 1920.
—, *Démosthène*, Plon, 1926.
—, *Au soir de la pensée*, Plon, 1927.
—, *Les Nymphéas, Claude Monet*, Plon, 1928.
—, *Grandeurs et misères d'une Victoire*, Plon, 1930.
—, *Lettres d'Amérique*, présentées par Patrick Weil et Thomas Macé, Passés Composés, 2020.
Madeleine Clemenceau-Jacquemaire, *Le Pot de Basilic*, Tallandier, 1928.
Léon Daudet, *La Vie orageuse de Clemenceau*, Albin Michel, 1938.
Jean-Baptiste Duroselle, *Clemenceau*, Fayard, 1988.
Patrice Duhamel, Jacques Santamaria, *Les Flingueurs*, Plon, 2014.
Jean Garrigues, *Le monde selon Clemenceau*, Texto, 2017.
Georges Gatineau-Clemenceau, *Des pattes du Tigre aux griffes du destin*, Les Presses du Mail, 1961.
Edmond et Jules de Goncourt, *Journal. Mémoires de la vie littéraire*, 1887.
Jean-Noël Jeanneney, *Clemenceau, portrait d'un homme libre*, Éditions Destins Mengès, 2014.
Simonne de Lattre, *Jean de Lattre, mon mari*, Presses de la cité, 1986.
Philippe Madral, *La colère du Tigre*, Avant-scène Théâtre, 2014.
Jean Martet, *Monsieur Clemenceau peint par lui-même*, Albin Michel, 1929.
—, *Le silence de Monsieur Clemenceau Albin Michel*, 1929.
—, *Le Tigre*, Albin Michel, 1930.
—, *La mort du Tigre*, Albin Michel, 1930.
Claude Mercier, *Clemenceau... Tout simplement*, Éditions de l'Étrave, 2013.
Monet-Clemenceau. Correspondance, RMN.-Flammarion, 2019.

Général Henri Mordacq, *Clemenceau au soir de sa vie*, Plon, 1933.
Raymond Recouly, *Le mémorial de Foch. Mes entretiens avec le Maréchal*, Les Éditions de France, 1929.
Michel Winock, *Clemenceau*, Perrin, 2007.
Georges Wormser, *Clemenceau vu de près*, Hachette-littérature, 1979.

Remerciements

À Sylvie Brodziak, professeure des universités de littérature française, francophone et d'histoire des idées (Cergy Paris Université), qui m'a communiqué une partie de son infini savoir clemenciste, m'a supportée, guidée, pendant plus d'une année. À Jean-Noël Jeanneney pour sa bienveillance. À Michel Winock, qui m'a inspiré ce récit à la lecture de sa biographie du Tigre. Une pensée pour Valérie Joxe et tous les membres de la fondation Clemenceau, dont Moufida Bouamari, qui m'ont accueillie si souvent dans le musée et la maison de Georges, ainsi que pour Bernard Le Magoarou, administrateur des monuments nationaux qui veille avec Marie Vernillet, la jardinière en chef, sur Saint-Vincent-sur-Jard. Sans oublier Lise Lentignac, administratrice de la fondation Musée Clemenceau, qui fut d'une aide précieuse pour assembler le cahier-photos qui accompagne ce livre.

Une immense gratitude envers la famille de Marguerite Baldensperger et notamment ses petits-enfants et leurs époux et épouses, qui m'ont ouvert leurs archives, ont puisé dans leurs souvenirs, me communiquant de si précieux renseignements sur leurs grands-parents. Merci aussi à la famille de Georges Clemenceau, dont Laurence Devinat.

À Muriel Beyer pour sa confiance et sa ferveur. À Lize Veyrard pour sa patience et son regard aiguisé. Jacques Santamaria doit aussi être remercié.

Une mention toute particulière à mes parents, mon frère Olivier, mes fils Benjamin et Raphaël, et leurs compagnes, et mon mari Patrice qui furent mes premiers lecteurs et soutiens. Une pensée sincère pour mes grands-parents disparus qui aimaient tant la politique. À Myriam pour sa relecture. À Julia. À Séraphine et Sagamore pour leur patience.

13463

Composition
NORD COMPO

Achevé d'imprimer à Barcelone
par CPI Black Print
le 27 mars 2022

Dépôt légal mars 2022
EAN 9782290363027
OTP L21EPLN003177N001

Éditions J'ai lu
87, quai Panhard-et-Levassor, 75013 Paris

Diffusion France et étranger : Flammarion